虚構推理

逆襲と敗北の日

城平 京

講談社
タイガ

イラスト——片瀬茶柴
デザイン——坂野公一（welle design）

目次

登場人物&事件紹介

岩永《いわなが》　琴子《ことこ》——西洋人形めいた美しい女性。だが、幼い外見のため中学生くらいに見えることも。十一歳のころに神隠しにあい、あやかし達に右眼と左足を奪われ一眼一足となることで、あやかし達の争いやもめ事の仲裁・解決、あらゆる相談を受ける『知恵の神』、人とあやかしの間をつなぐ巫女となった。十五歳の時に九郎と出会い一目惚れし、強引に恋人関係となる。

桜川《さくらがわ》　九郎《くろう》——琴子と同じ大学に通う大学院生。自らの命と引き換えに未来を予言する「件《くだん》」と、食すと不死となる「人魚」の肉を、祖母によって食べさせられたため、未来を決定できる力と、死なない身体を持つ。あやかし達から見ると、九郎こそが怪異を超えた怪異であり恐れられている。恋人である琴子を冷たく扱っているように見えるが、彼なりに気遣っているのかもしれない。

桜川《さくらがわ》　六花《りっか》——九郎の従姉で、彼と同じ能力を持つ女性。とある目的のために、九郎たちとは敵対関係にある。

【鋼人七瀬】事件—鉄骨片手に街を徘徊するグラビアアイドルの都市伝説。琴子と九郎は、真実を求めるよりも過酷な「虚構の推理」を構築することで、都市伝説を虚構へと戻そうとする。

虚構推理

逆襲と敗北の日

第一章　見たのは何か

いつもながら、岩永琴子《いわながことこ》は恋人の桜川九郎《さくらがわくろう》のために機嫌を損ねていた。以前、せっかくペイズリー柄《がら》の下着をつけてみせたのに全く色気を感じないと言うから、今日は違ったデザインの下着を五種類ばかり九郎のアパートの部屋に持ち込んで、どれを身につけてほしいか選ばせようと広げたら、ショウジョウバエでも見るかのごとき目を向けてきたのだ。

「その目は何ですか、その目は。九郎先輩がどの下着を私につけてほしいかを問うてるだけでしょう」

「その設問に疑問を持て」

「五種類では選択肢が足らないと？　派手なものから落ち着いたものまで、肌触りも勘案して持ってきたんですよ。これで青年らしく色めき立たないというのですか」

岩永はその中から白地に青色の縞《しま》模様が入ったものを手に取って突きつけてやったが、九郎は色良い反応どころかひたすら冷淡になるばかりだった。

十月の初め、岩永は九郎の所に昼前から訪れ、今日の宿泊に備えて問うているわけである。

九郎は大学の課題がどうと変わり映えのしない御託を並べながら台所に立って昼食の用意を始め、説教でもするかのように語り出す。

「僕は下着の柄にも形にも興味はないし、そもそも人魚の肉を食べて不死身となったのもあって、そちら方面への情動は生物学的にも」

「その理屈は六花《りっか》さんにも以前言われましたが完全に論破しています」

「お前は僕の従姉と何の話をしているんだ」

「何と訊《き》かれれば、あなたの従弟の性欲はどうなっているのか、という話を」

九郎は六花に申し訳ないといった嘆きを表す。

「どういう流れになればそんな慎《つつし》みのない話になる」

慎んでいたら関係が進展しないからそうなっているとこの男に自覚はないのだろうか、と岩永はそれこそ文句を言いたくなったが、ふと気づくこともあった。

「どういう流れと言われれば、去年の三月の末でしたか。六花さんがうちの屋敷《やしき》に寄宿し始めてから二ヵ月ほど過ぎた頃です。ある妖怪《ようかい》からちょっとした殺人事件の解決を頼まれて、あの人に手を貸してもらうことになったんですよ。その流れで話したんです」

「六花さんにそんな迷惑をかけていたのか？」

この期に及んで九郎はまだ従姉を気遣《きづか》う風だ。現状、その九郎の三つ年上の従姉に岩永は多大な迷惑をかけられているというのに。そしてその時の件に関しては、全面的に九郎に責任がある。

「ええ、先輩がその時、手を貸してくれという私の願いを断ったため、六花さんに助力してもらう他なかったんですよ。憶《おぼ》えていませんか？」

反論に窮する顔になった九郎に岩永はひとまず溜飲《りゅういん》を下げ、その一年半ほど前の出来事を語ることにした。

「事件の犯人は重原良一《しげはらりょういち》という若い男で、殺人の動機は『綺麗《きれい》なナイフを買ったから』といったフランスの不条理小説みたいなものだったんですが、殺人の後も彼はある種の思い込みから妙な行動をしていまして」

もとはと言えば、岩永があらかじめ予定を訊くなり前もって日を押さえておくなりしておくべきだったのだろうが、それにしても九郎の態度は恋人の切なる頼みを断る時のものではなかった。第一、他《ほか》に代わりをいくらでも調達できそうな引っ越しのアルバイトを優先し、頼みの内容をまるで聞きもせず断るとはいかなるわけか。

「だからこの件には九郎先輩の力が必要でっ。しばらく忙しいって、こちらもそれなりに

れた。

岩永は携帯電話を手に通話相手の九郎にそう訴えかけたが、情の欠片《かけら》もなく途中で切られた。

三月二十六日の金曜日。岩永も高校の卒業式をすでに終え、この四月から晴れて九郎と同じ大学に通うことになっていた。ならば新生活に向けての春休み、あれこれ買い物なりデートなりとするものであり、九郎も予定を空けていると思っていたのに、まるで考慮もなくアルバイトを入れているとはどういう神経をしているのか。

岩永は妖怪《ようかい》、化け物、怪異、魔などと呼ばれるもの達の知恵の神として日頃からその相談やトラブルの処理を行い、この世の秩序を守るといった役目を担っているのだが、この日もとある妖怪から持ち込まれた悩みの解決に動かねばならなかった。

通話の切れた携帯電話は午前十時五分を表示している。岩永の屋敷のリビングだった。革張りのソファの背もたれに腰掛け、九郎に電話を掛けたのだが、こうもけんもほろろに断られるとは計算外だった。予定が立ったのが昨晩遅くだったので、朝になってから九郎に連絡して来てもらえばいいか、と油断したのが失敗だったのかもしれない。

九郎の手を借りられないなら、用意していた方策を変更しないといけなくなる。別の手段もないではないが、やはり九郎の力があった方が事は滑《なめ》らかに進められる。

「相変わらず仲の良いことね」

そう後ろから愉快がる声がかかった。向かいのソファに座り、スケッチブックを手に鉛筆を動かしている桜川六花《さくらがわりっか》だった。九郎の従姉で、この一月に長期入院していた大学病院から退院し、ゆえあって岩永の屋敷に身を寄せていた。

当初はせいぜい滞在期間はひと月ほどで、その間に身を落ち着ける所を探すといった話をしていたのだが、岩永の父母《しぼ》に気に入られ、近所の住人にも好感を持たれ、部屋はいくらでも余っているから強いて他にアパートやマンションの空き室を探さなくとも、と引き止められ、すっかり居着いてしまっていた。

岩永としても九郎に恩を売れるわけであり、その外堀を埋める意味合いもあって六花にはいつまでもいてもらって構わなかった。

ただ恐ろしいほど細身で、外国人のモデルかというほど背が高く、幸の薄そうな顔色と雰囲気の、ある種あやかしじみたこの女性が父母に気に入られ、周囲の評判も良いというのは釈然としないでもない。この家の令嬢である自分より評価が高い気配さえある。

岩永が小柄《こがら》で中学生と間違われかねないくらい童顔で、人形のようと言われたりするのと正反対とも映る容姿なのも引っ掛かる。

六花が美人の部類に入り、目を引く存在なのは認めないではないが、岩永としてもちょっとつかみ所がない人物ではあった。

「仲が良いとは嫌味ですか。片言隻句からでも私があなたの従弟に手ひどく扱われたのはわかったでしょう」

「あなたが私の従弟を身勝手に利用しようとしているのはわかったわね」

「恋人をちゃんと大事にしろ、という要望を出していただけですよ」

「九郎はあなたを大事にしているでしょう」

スケッチブックに変わらず鉛筆を走らせながら六花は平然と言い切る。岩永としては九郎に一定以上の影響力があるこの従姉の認識をまず正さねばならないか、と腰に手を当てた。

「どこがですか。この前は後ろから蹴《け》り倒されましたよ。九郎先輩はキスひとつとってもおざなりで」

「それで私にどうしろと」

「だからあなたからも恋人にはちゃんと舌を絡《から》める接吻《せっぷん》をしろと忠告を」

六花は動かすのを止めた鉛筆を上げ、こめかみに当てた。

「今度おいしい牛タンをご馳走《ちそう》してあげるから、それで我慢しなさい」

「なぜそれで私が我慢できるとする」

「私と九郎は牛の化け物であるくだんと人魚を食べ、その存在が混ざったもの。なら牛の舌でも代わりになるでしょう」

九郎と六花は言う通り、子どもの頃その二種類の化け物を食べさせられ、特殊な能力を得ていたりする。なら一理なくもなく聞こえなくもないが、そうもいかない。

「くだんは体が牛で頭が人間の化け物ですよ。舌は人間のものです」

「ああ、そういえばそうね」

本気で勘違いしていたのか、わかっていてわざとだったのか、六花はあっさり認める。やはりつかみ所がない。

「だいたいあなたの従弟の性欲はどうなっているんですか。部屋に泊まっても下着を脱がそうともせず」

「大声でそういうことを言わない。ご両親がまた渋《しぶ》い顔をされるから。私も注意するよう頼まれていてね」

六花は長い足を組み換え、高い天井を見、それからスケッチブックを閉じて岩永に対した。

「もともと性欲というのは種の保存、子孫を残さねばならない、自身の遺伝子を残さねばならないという欲求、そういう生物的な本能に由来するもの。生物は本来絶対的に死から逃れられず、それゆえに生殖を行い、遺伝子を残そうとする。生命の危機を感じると性欲が昂進《こうしん》するという傾向もそれが理由と言われる」

岩永はそこまででおおよその結論はわかったが、ちゃんと最後まで聞いてみせることにする。

「けれど私も九郎も人魚の肉を食べ、不死身となった。死なないとなれば自分以外の場所に遺伝子を残さねばならないという必然性、その欲求が乏《とぼ》しくなる。生殖に意味がなくなるわけね。むしろ他に同じ遺伝子があれば、将来的に自身と競合して邪魔になる可能性さえある。ゆえに私達はそういった欲は限りなく薄い。生物の本能として生殖を求めなくなる」

人魚の肉を食べると不老不死になるという伝説が日本には古来あるが、九郎も六花もまさにそれを体現して不死の身となっている。ちなみに一緒に食べたくだんの肉の影響か、今のところ不老の能力は発揮せずに歳《とし》を重ねているようだ。ただ未来を予言するくだんの力を取り込んで、起こる可能性が高い未来なら必ず起こるよう決定できるといった異能を持つことにはなっている。

ともかく六花の論理は筋が通っているし、生物的にも成り立つ点はある。

されど岩永は余裕を持って反論できた。

「いやいや、自然界にはベニクラゲという不老不死の生物がいますよ。このクラゲは体が大きな損傷を受け、他のクラゲならそのまま溶けてなくなる状態からでも体を若返らせ、元通りになります。死なないだけでなく、若返るんです。それでもちゃんと雌雄があって生殖を行っています。あなたの理屈は成り立ちません」

これは嘘《うそ》でも何でもなく、実在するクラゲの生態だ。生物の本能を簡単に割り切ってもらっては困る。

六花は右手の平を前に出した。

「ベニクラゲは若返るけど死ぬから。捕食されるから。普通なら致命的になる傷を負っても すぐ元通りになる私達とは違うでしょう」

「ベニクラゲの再生力も大したものですよ。細胞の欠片《かけら》からでも若返って復活を」

岩永もすぐ答えてみせた。予想の範囲内である。

六花は首を横に振って大きなため息をつく。

「だとすれば、九郎は琴子さんに魅力を感じていないだけね」

「あなたが九郎先輩の思春期に変な悪戯《いたずら》をして心的外傷を与えた可能性も」

「紗季《さき》さんとはちゃんと付き合っていたわね」

九郎の前の恋人の名を出され、岩永も少し詰まってしまった。

六花は小さく微笑《ほほえ》み、自分から話を変える。

「それで、今回は妖怪からどんな相談を持ち込まれたの？」

問われてふと岩永は気づいた。これは牛タンよりも代わりが利くのではないか。

「なるほど。六花さんは九郎先輩と同じ能力と体質を持っていましたね。どうです、ここはひとつ手を貸してください。従弟の不始末を片付けると思って」

「あなたと縁を持ったのが九郎の一番の不始末と思うけど」

また六花は余計な一言を付け加えたが、寄宿している屋敷の令嬢を粗略に扱わない常識は持ち合わせているらしい。前向きにこう訊いてきた。

「それで私は何をすればいいの？」

岩永はひとさし指をひとつ立てる。

「簡単なことです。とあるラーメン店が賞金付きで出している担々麵《タンタンメン》を二十分以内に完食していただければ」

「それだけ聞けば簡単そうね」

「ただその担々麵は激辛で。これまで百名近く挑戦して成功者はおらず、そのほとんどが三分と経《た》たずに悶絶《もんぜつ》して棄権しているとか。ハバネロなんかも大量に入っていて」

どういうわけか、六花は岩永にショウジョウバエを見るような目を向けてきた。

「一週間ばかり前、スネコスリという妖怪から相談を受けたんですよ。その妖怪が二匹連れ立って、前から歩いてくる人間にちょっかいをかけようとした時に妙なことに出くわしたと」

岩永は六花にそう切り出した。

スネコスリとは犬やイタチに近い姿をした妖怪で、夜中に歩いている人間の足の間をするりぬるりとすねをこすりながら何度も抜け、歩くのを邪魔する、といった習性を持つ。

大抵はそれだけを行う妖怪で特段に害のあるものではないが、人間にはよくよく目を凝《こ》らしてもぼんやりとした姿しか捉《とら》えられず、夜中となればおよそ見ることがかなわない。その上でなぜかすねをこすられる感覚が続いて歩きづらくなるという状況は、地味に怖いと言えるかもしれない。

そして岩永は六花とともに、そのスネコスリ達が妙なことに出くわした場所に午後一時前にやってきていた。六花を誘ってからほどなく屋敷を出はしたのだが、何分遠方であったため、列車を乗り継いでここに来るのに二時間以上かかってしまった。

最寄り駅から徒歩約十分。近くに陸上競技やサッカーといったスポーツの試合を開催できる大規模なスタジアムがあり、そこでイベントでもあれば周囲も活気があるが、そうでない時は人通りも少ないようだ。

雑居ビルや倉庫として使用されているとおぼしき建物はいくつも並んでいるが、事務所として活用されていても社員が退社する夜になるとやはり人の気配はなくなるだろうし、駅前にいくつかある商業施設も午後十時も過ぎれば軒並み閉じられよう。二十四時間営業のコンビニエンスストアが一軒あることはあった。

その駅からも離れれば、昼間であっても人はまばらにもおらず、岩永と六花が佇《たたず》んでいる歩道に他の人影は現在のところなかった。真横の車道の方も時折しか走っていくものがなく、街灯も間遠にしか立っていない。

岩永と六花がいるその歩道は高台を通っており、少し視線を下げると離れた所にあるコインパーキングが見えた。二十メートルは離れているだろうか。歩道がパーキングと同じ高さにあればとても全体を見ることはかなわないが、十メートル以上の高低差があるため、周囲に建物は点在していても、ちょうどよく視界に入る。駐車されている車のナンバーを完全には識別できなくとも、そこにいる人物の服装くらいなら十分わかるだろう。パーキングは乗用車が二十台以上駐車できる広さのもので、この閑散とした地域に不似合いな空間とも見えるが、競技場で催しがある時や、近辺にある事務所を利用する際などは有効に活用されているのだろう。この日は端《はし》に一台だけ黒の乗用車が駐めてあるに過ぎなかった。

「スネコスリ達から話を聞いて私が調べたところ、それがあったのは二月二十日の午前〇時半頃、曜日としては土曜になりますが、感覚としては金曜深夜という時間帯です。二匹のスネコスリは前から歩いてきた男にこの辺りで接触しようとしたのですが、男はあのコインパーキングの方を見て不意に立ち止まったそうです」

岩永は手にする赤色のステッキの先端を、眼下のコインパーキングへと振った。左足が義足なので外出時には大抵ステッキを手にしているものの、別になくともさほど困らず歩行できる。ただ物を示す時便利に使いやすい。ちなみに右眼《みぎめ》も義眼だが、こちらも慣れているので遠近感をつかむのにそう不自由はしていない。

四月が近いとはいえまだ肌寒く、岩永は白色のコートに同色のベレー帽をかぶって手袋もはめていた。六花は灰色のコートを身につけ、ポケットに両方の手を突っ込んでコインパーキングの方を黙って見遣《みや》っている。その枯れ木のような細さのためか、防寒着をまとっていても寒々しく感じさせる立ち姿だった。

この辺りは高台とその下といった地域に分かれ、岩永達がいる歩道とその向こうで大きな高低差が生じている。この歩道から下へと向かうには、駅前の分かれ道まで戻るか、さらに先まで行って下への道を探すしかないようであり、転落防止の柵《さく》がずっと続いている。

歩道から下へとつながる斜面はほぼ垂直で、ここから柵を踏み越え、コインパーキングへ迂回《うかい》せずに向かおうとすれば、人間なら十メートル真下にほぼ飛び降りるも同然になるだろう。猫なら何とか駈《か》け降りられるだろうか。

岩永はコインパーキングを指したまま続けた。

「スネコスリ達もどうしたのだろうと男の視線の先を見ると、あのコインパーキングの真ん中辺りで、こちらに背を向けた人間が別の人間の上に馬乗りになり、右手に握った刃物と思われるものを繰り返し振りかぶっては突き刺していたと」

「夜中とはいえ、コインパーキングは一定の照明もあって、ここからならさながらスポットライトが当たった舞台みたいに見えたでしょうね。その時間帯、周りでそれほど明るい所もないようだし」

六花が述べて、先を促《うなが》す。

「この歩道に立ってそれを目撃した男は驚いたらしい反応をしたものの一言も発さず、またすぐ歩き出したそうです。スネコスリの一匹がその男の反応を訝《いぶか》しがりながらも追いかけて歩くのを邪魔したそうですが、結局男は駅前の雑居ビルの陰《かげ》に駐めてあったバイクに乗り、携帯電話で警察に通報しようともせず走り去ったそうです」

バイクも隠し気味に駐めてあったといい、その男の一連の行動は首をひねるところが多かったらしい。

「実際、スネコスリ達はひと晩この辺りにいたものの警察がやってくることもなく、それから一ヵ月以上経過した今も警察はあのコインパーキングに捜査に訪れていないとのことです。目撃した男は警察にいっさい話していないでしょう」

「殺人を目撃しながら通報しない、というのは良識に反してはいても意外とまではいかないでしょう。誰だって面倒事には関《かか》わりたくないもの」

六花は儀礼的にそう挟んできた。わざわざこんな寂《さび》しい場所まで連れてきて、それで説明のつく内容でないのは承知しているだろう。

岩永は事の要点に入る。

「ところがここに残ったもう一方のスネコスリはその刃物を振るっていた犯人の方に興味が湧《わ》き、この柵を飛び越えて真《ま》っ直《す》ぐパーキングに向かい、そばまで近づいたそうです。人殺しが逃げようとする時に歩くのを邪魔されたらきっと慌てて面白かろう、といった気持ちだったとか。犯人はその時には死体に刃物を突き立てるのをやめ、振り返って歩道の方を見上げるとこう呟《つぶや》いたそうです」

明るい所でも普通の人間がスネコスリをはっきり認識するのは難しい。スネコスリも犯人に見つからないよう近づいたからこそ、その呟きを聞けたのだろう。

「『うん、視線を感じた。うん、見られた。きっと見ていた』とさも満足そうに」

六花がわずかに眉《まゆ》を動かした。

「満足そうに？」

「はい。どうもこの犯人は高く離れた歩道を通る者に見せるため、死体に刃物を振るっていたようだと。その面妖《めんよう》さにスネコスリは途端に落ち着かなくなったということです」

妖怪や化け物でなければ直接経験し難い面妖さではあろう。犯人のそばにいながら気づかれず、全てを見聞きできる機会は人間にはまず訪れない。

「犯人は男で口許《くちもと》はマフラーで覆《おお》い、人相をわからなくして指紋も残さないためか手袋をしていたそうですが、上着は何とも目立つもので、離れて見ても印象に残るものだったと」

岩永は六花の反応をうかがうが、無言で立ったままだ。ステッキを犯人の動きをたどる形で振りながら続ける。

「犯人はそしてパーキングに一台だけ駐めてあった車の陰から大きな鞄《かばん》を持ってきて死体を詰めると、それを手に歩いて去っていったそうです」

情報が増えるほど不可解になっていく出来事だ。

「あそこに防犯カメラは？」

六花が興味なさそうではあるが、必要な情報を確認してくる。

「料金支払機の周辺を映すものはついていますが、パーキング全体を映すものはありません。車で出入りしないなら、カメラに映らずここから目撃されたことを行えたでしょう」

パーキングと周辺の道に段差は設けられているが、フェンスまではなく、段差も人の足で簡単にまたげるくらいなのですぐ外に出られる造りだ。

「ちなみに二月二十日の午後三時頃、ここから二十キロほど離れた空き地の草むらで、胴体に四十ヵ所を超える刺し傷のある男の死体が発見されています。死因は刺傷による失血死。とはいえ致命傷になったのは心臓付近の一ヵ所くらいで、傷の大部分は死んだ後につけられたものだと。犯人はあそこから死体を運んだ後、空き地に捨てたのでしょう。報道もされ、ここから目撃して去った男がそれを見聞きする機会は十分にあります」

「血痕《けっこん》は？」

六花の質問は的確で、そう問う意図まで語る。

「あそこで人を刺し殺し、さらに馬乗りになって繰り返し刃物を突き刺したとすれば、相当の血が流れて散るはず。パーキングには無視できない血痕が残され、それだけで警察沙汰《ざた》になるでしょう」

「血痕はほとんど残されていません。犯人が立ち去った直後、スネコスリはわずかに付いていたのを見たと言いますが、注意しないと血液によるものと認めづらかったそうです。なら人の目で血とわかってもパーキング利用者の鼻血や切り傷から落ちたものが付いただけと思われ、騒ぎにはならないでしょう」

翌朝になってすっかり乾いていればなおさらわかりづらくなる。岩永もスネコスリ達から話を聞いた時にそこは調べていた。

「なら犯人は被害者を別の所で刺し殺し、その後ここから障害物なく見渡せる夜も明るいあのパーキングに運んできて寝かせ、馬乗りになって刃物を繰り返し突き立てたとなるわね。心臓が止まり、血流のなくなった死体にいくら刃物を突き刺しても血は流れず、こぼれてもわずかになる。体内で血液の凝固が始まっていればなおさら」

六花は岩永と同じ結論を口にし、目を細めた。

岩永はステッキを下ろし、先端を地面に着け直す。

「被害者の死亡推定時刻は十九日の午後十時から翌午前一時頃。名前は内場新吾《うちばしんご》、二十九歳。居酒屋勤務ですが、その裏でかなりの数の恐喝を行っていたのが判明しています」

「殺される動機には困らない人物ね」

「死んだ後もめった刺しにされるほどの恨みにも困らないでしょう。だから警察は死体の状態も遺棄も不審には受け止めていません」

警察としては内場はどこかで刺し殺され、絶命した後も気が済まないとばかりめった刺しにされ、空き地に乱雑に捨てられた、という見解を取るだろう。まさか捨てられる前に、夜のコインパーキングで不可解な作業が挟まれていたとは推察しようもない。

「スネコスリが犯人の男を追いかけていればまだ詳しいこともわかったでしょうが、その言動があまりに薄気味悪く、歩くのを邪魔するのもためらって追わなかったそうです」

「妖怪に気味悪がられるとはね」

六花は小さく口許に笑みを浮かべたが、それは犯人を憐《あわ》れんだとも見えた。自身のありようと重ね合わせたのかもしれない。

「それであの夜いったい何があったのか、私に解明を頼んできたんです。一応自分達であれこれ考えたけれど見当がつかず、このままでは落ち着かなくて仕方ないと」

六花が肩をすくめる。

「スネコスリが人間の歩く邪魔をする理由も一般的には不明でしょう。なら人間も妙なことをする、で片付ければ？」

「知恵の神がそういい加減だと信用を失いますって」

岩永は、年長者が手抜きを推奨してどうするのだ、と非難したつもりだったが疑わしげに返された。

「九郎からは、問題を収束させるのに平気で嘘の説明も使うと聞いているけど」

「真実を知らないと辻褄《つじつま》の合った嘘もつけませんよ」

これまで手抜きで嘘の説明を使ったことはないし、真実を軽んじたこともない。嘘の方が手間がかかったりもするのだ。

「幸い、スネコスリ達がここから犯行を目撃して逃げた男を発見しています。まずはその人物に当夜、何があったのか質《ただ》そうと思いまして」

だから当て推量だけでなく、こうして地道に事実を集める作業も行っている。

ステッキを回して駅の方へ岩永が歩き出したのに、六花も合わせて足を踏み出す。

「つまり、その人物がこれから行くラーメン店にいる?」

「はい。そこの店主です。駒木豪《こまきごう》という人で三十二歳とお若いですが、店を出して四年、まずまず成功されています」

ラーメン店の競争は激しく、新規に開業した店の多くが一年以内に廃業するというから、四年も続けているなら褒めないといけないだろう。

コートのポケットに両手を入れたまま歩く六花は迷惑げに尋《たず》ねてくる。

「今も目撃について黙っているのなら、正面から訊いても答えてはくれないでしょう?」

「だから六花さんに来てもらったんですよ。そこの激辛担々麺を二十分以内に完食できなければ罰金ですが、完食できれば罰金の十倍の額が賞金としてもらえます」

罰金はラーメン代の五倍の額と安くはないが、完食した時の賞金は大きいので、挑戦する者は少なくないという。辛いものが好きという者も昨今は多い。

また完食できずに罰金となった場合、店の標準メニューである醤油《しょうゆ》ラーメンを二杯、無料で食べられるサービス券も渡しているというから、企画として評判も悪くなく、常軌を逸《いっ》した激辛ではあるが二口目まではとてつもなくうまい、というレビューもインターネット上には見られた。

「話題作りもあるでしょうが、店主は客が辛さに悲鳴を上げるのを楽しんでおられるとか。賞金の額が額だけに、まともに食べられる辛さではないに違いありません」

六花があからさまな嘆息をもらした。

「そこに付け込んで口を割らせようと?」

いかにも岩永がたちの悪い企《たくら》みを行おうとしていると言いたげだが、口振りからすると具体的な方法まで推察できているようだ。

「やり方を指示する必要はなさそうですね?」

「相手の一番嫌がることをすればいいのでしょう?」

そういう企みをさせる岩永を批判しながらも、いかにもそれが得意そうな六花だった。

ラーメン店は事件のあったコインパーキングから三駅ほど離れた国道沿いにあった。メニューの基本は醤油ラーメンと担々麵で、ミニ丼《どんぶり》やサラダのセットも用意されている。もともと担々麵がうまいと評判だったのを、辛さの段階を増やしていき、飛び抜けた激辛のものを作ったが、まともに食べられないというので賞金付きのメニューとして出し始めたという。

店の名は『ラーメン駒豪《こまごう》』。店主の駒木豪という名前から付けたのが明快な店名だ。カウンター席とテーブル席を合わせて十五名が座れる広さで、忙しい時間帯以外は店主ひとりで回している店だった。営業時間は午前十一半から午後十時となっているが、スープが切れると早めの閉店もあると看板が出ている。

岩永と六花は午後二時前に入店してテーブル席に座り、岩永は普通の醤油ラーメン、六花は賞金付き激辛担々麵の食券を自動販売機で購入して差し出した。

頭にタオルを巻き、精悍《せいかん》な容姿をした店主の駒木は六花の出した食券に、『冗談ではないくらい辛いですし、罰金もありますけど、大丈夫ですか？』と尋ね、店内に大きく張られたその品に関する注意書きを示した。そこには罰金や制限時間、スープまで飲み干すことといったルールも記されていた。六花はそれをちらと見た後、『そちらこそ、賞金は大丈夫？』と穏《おだ》やかに答えてみせた。

　それから一時間と経たず、六花の傍《かたわ》らにはスープまで完全に飲み干された空のラーメン鉢が四つ置かれていた。さらに六花は五杯目の激辛担々麺を入店した時と変わらぬ冷めた表情で食べている。

　店主の駒木は顔だけでなく指先まで蒼白《そうはく》になっていた。色と香りだけで大量の汗と目の痛みを誘発し、体温を上昇させるというマグマにも似た赤黒い激辛の担々麺を調理し、運んで来ているというのにである。

　駒木はさすがにたまらなくなってかテーブルの脇《わき》に立って主張した。

「お客さん、おかしいでしょう！」

　岩永達が入店した時はまだ店内にそれなりの客がおり、六花が一杯目を機械的と言えるほどの速さで完食した時は拍手が響き、駒木も驚愕《きょうがく》を表しつつ手を叩《たた》いていた。しかし拍手のやまないうちに二杯目を六花が注文し、それも十分とかからず完食し、さらに三杯目を、となるとその異様な展開と雰囲気に当てられてか、他の客はすっかりいなくなってしまった。空気中に漂う香辛料の残滓《ざんし》を避けようと身を屈《かが》めたくなる空間になっていたからやむをえないかもしれない。駒木の手も震え出していた。

　かくいう岩永も、最初は六花と同じテーブルに座っていたが、早々にカウンターの端の席に退避して離れて様子を眺《なが》めていた。一応六花が注文した分の食券は岩永がその都度買ってカウンターに置いている。

「本来なら一杯どころか半分も食べられないものなんだ！　それを五杯もなんて！」

駒木の訴えに、六花は黄色がかった麺《めん》を滑らかにすすって店内の注意書きを示唆《しさ》した。

「挑戦はひとり一杯だけとの但し書きはないけれど」

半分も食べられないものを客に出して保健所から注意されないのか、という気もするが、こうして完食できる客がいるのだから、法には触れていまい。そして注意書きに注文杯数の制限もないため、六花の主張も法に触れるとは言えまい。

六花は麺を平らげたのか、両手で鉢を持ちながら解説を始める。

「味覚は塩味、酸味、甘味、苦味の四つから成るもので、辛味という味覚は存在しない。それは味ではなく、痛みに由来するものと言われる。辛いものに強い、辛いものを好むというのは痛みに鈍《にぶ》かったり刺激を好むというのと同じ意味とも取れる」

最近では五つ目としてうま味が加えられたりするが、六花の述べた通り、辛いという感覚は味覚とは別の種類のものである。

六花は鉢の縁を口に当て、傾けて中身をすっかり空にするとテーブルに置いた。これで五杯目の完食となる。唖然《あぜん》とする駒木を一瞥《いちべつ》し、六花はテーブルに備え付けてある爪楊枝《つまようじ》の一本を右手に取った。

「だから全く痛みを感じない者なら、どれほど辛くとも気にならないとは思わない？」

そして六花はその爪楊枝を一瞬の躊躇《ちゅうちょ》もなく左の手の平に突き刺し、手の甲まで貫通させた。駒木は息を飲んで後ろによろけ、カウンターに手をつく。

表情をまるで変えない六花は爪楊枝の刺さったままの手を振って注文を重ねた。

「六杯目の用意を。完食できなければこれまでの賞金を残らず返上しましょう。そちらも悪い賭《か》けではないはず」

そんな六花に、駒木は化け物と相対したごとく後退《あとじさ》った。くだんと人魚を食べた六花と九郎は特異な能力を得た副作用か、痛みをまるで感じない体質ともなっていた。それもあって六花も九郎も比喩《ひゆ》ではなく本物の化け物に恐れられるのである。大の男が立てなくなってもあながち責められない。

駒木はようやく自身が罠《わな》にかかったのを勘づいたらしく、怯《おび》えた声を上げる。

「な、何が目的だ？」

六花はつまらなそうに岩永を見遣り、手の平から爪楊枝を引き抜いた。六花なら血が噴《ふ》き出《だ》す前にすぐ傷口は閉じ、消えてしまうだろう。

「これでいいかしら？」

爪楊枝を空の鉢の中に落とす六花に、岩永はステッキを床に突いて席から立ち上がった。

「やり過ぎですよ。悪くはありませんが」

一杯を楽々と食べてもらって店主の駒木を動揺させ、間髪を入れず二杯目を頼んだところで岩永が交渉に乗り出す、といった絵を描いていたのだが、淀《よど》みなく担々麺を食べる手際に感心して、つい成り行きを見守るのに徹していたのだ。

岩永は駒木のそばに立ち、率直に尋ねる。

「先月の深夜、あなたはコインパーキングで人がめった刺しにされるのを目撃しながら通報もせず去りましたね？　なぜです？」

駒木は混乱も窮《きわ》まった目で六花と岩永をかわるがわる見、狼狽《ろうばい》も露《あら》わに言う。

「あんたらあの事件の関係者か？　俺は何も知らない、犯人の顔も見てない、後ろ姿だけだ。たまたまあそこを通りかかっただけで」

思考がまとまらず、嘘に頭を巡らす余裕はないだろう。この状況では本音を語るしかないものだ。そのため六花に駒木を動揺させる役目を負ってもらったのである。

さらに真実を引き出すべく、岩永はもう一歩踏み込んでみせた。

「これはあなたのための質問でもあります。ひょっとするとその犯人は、あなたを殺そうとしているかもしれないのですから」

駒木は岩永がほのめかすところを理解できていない様子だったが、身の安全のためには抵抗すべきでないとの判断はできていそうだった。

表に準備中の札が出され、照明のいくつかも落とされた店内で、駒木はカウンター席にうなだれて座り、その前に立つ岩永の問い掛けを力なく受けていた。

「俺は何も知らない。あの夜は付き合ってる女性の家に行って、帰るところだったんだ」

「駅前にバイクを隠してですか？　その女性の家まで乗っていけばいいものを」

岩永は駒木が質されたくないであろう点を指摘してやる。

駒木はテーブル席で優雅にお茶を飲んでいる六花を、もしかして助けてくれはしないかとばかり一瞥したが、すぐに実情を話し出した。

「彼女は人妻なんだよ。あの日は旦那《だんな》が出張で家にいなくて、でもバイクで乗りつけたりしたら目立つだろう。近所の目もあるんだ。だからこっそり訪ねるのにいつも駅前までバイクで行って、そこから歩いて家の裏口から入ってるんだ」

「相手に旦那がいるも何も、あなたも既婚で奥さんがいるでしょう」

「だからいっそう事件を見ても通報できなかったんだよ。俺も相手も浮気がばれたら大変なんだ。通報なんかしたら、なぜあんな時間、あの場所にいたか絶対疑われる。胴体をやたらと刺された死体が空き地で発見されたってニュースを目にして、あの時のだろうって思ったが確証はないし、パーキングに警察が集まったって話もない。通報しても内容を信じてもらえず、なおさらこっちの行動を調べられる。黙ってるしかなかったんだ」

独自性のある告白ではなかった。通報しない理由としては順当なものだろう。駒木はこの件に巻き込まれただけの立場なのは決まったと見ていい。

黙っている岩永と六花の圧力に耐えかねてか、駒木はさらに弁明する。

「被害者も殺されて当然ってやつだったし、通報しなかったのがそんなに悪いのか？」

そこでこの状況の一番不審な点に気づいたらしい。

「あんたら警察じゃないよな？　なぜ俺が見たのを知ってるんだ？」

「また別の目撃者があそこにいて、あなたと犯人の行動を不審がっているんですよ」

その別の目撃者が人間ではなくスネコスリという妖怪なので正確な説明ではないが、内容に大きな嘘はない。

駒木は信じるべきか迷う表情をしたものの、続けて訊いてくる。

「そいつは警察に通報したのか？」

「そちらも事情があって通報できない立場でして。それで状況の収束に私が出ざるをえなくなったんです。だからあなたの行為を糾弾しに来たわけではありません」

そう言われても駒木の安心には何ら寄与しないだろう。

岩永はなるべく憐れみを込めて首を傾《かし》げてみせた。

「しかしあなたは犯人に自分の姿を見られたかもとは思わなかったんですか？」

「俺がいた歩道の辺りは街灯もなく真っ暗で、あのパーキングからは距離もある。あっちから俺がわかるはずがない。だいたい犯人はずっとこっちに背中を向けてたんだ」

駒木はにわかに元気を取り戻す。

「そうだ、だから犯人が口封じに目撃者の俺を殺しに来るなんてない、脅かすなよ」

「けれど犯人がわざとあなたに目撃してもらおうとしていたなら話は変わりますよ」

岩永はわかりやすく微笑んでやった。

「あなたがパーキングでの犯行を目撃し、それを警察なり周囲なりに話すとします。その後、目撃した事件と関連の見られる状況であなたが殺害されれば、それ以上の情報を話したり思い出したりするのを恐れたあの犯人に口封じで殺された、と警察は見るでしょう」

仮説のひとつを本当らしく披露してみせる。

「あなたを前から恨み、殺したがっている人物がいるとします。しかしあなたが普通に殺されればすぐ疑いをかけられる立場でもある。だから自分が疑われないよう、あなたが他の人間に殺されたと見える有力な動機と状況を用意しようとした。そのためパーキングでの犯行を目撃させたとすれば？　犯人は高い所にある歩道上からよく見渡せる、夜でも明るいあの場所で、目立つ服装で刃物を繰り返し相手に突き立てていた。誰か見てくださいと主張してるとしか思えないじゃあないですか」

たちまち駒木の挙動が落ち着きをなくした。改めて自分の目撃したものの不自然さを意識したのだろう。それでも否定的な意見を言う。

「俺を殺すためにまず先に無関係の人間を殺すなんて、どうかしてるだろ」

「先程被害者は殺されて当然のやつと言いませんでしたか？　犯人はだからあなたを殺す煙幕に使っても構わないと判断した」

岩永はさらに論を補強していく。

「浮気相手の旦那さん、あなたを恨む理由がありますね。奥さんの浮気に気づいていれば、出張の夜にあなたが家を訪れるのは予測できます。帰る時間もまた。そこを狙《ねら》って死体に刃物を突き立てている光景を目撃するよう誘導するのも不可能ではありません。あなたは浮気相手の家から出た後、いつも同じルートを使って帰っているのでは？」

「なるべく誰にも会わない道をって選んでるから同じだ。あんな時間にあそこを通るのなんて終電で帰ってくるやつくらいだし、そんなのほとんどいないし」

駒木は岩永から目を逸《そ》らした。殺される心当たりが現実感を持ってきたのを受け止めかねているのだろう。

「犯人から歩道は闇《やみ》でも、誰が目撃者かはわかっています。犯人はあなたに見せるために舞台を整えていたのですから。そしてあなたが後に殺されれば、何らかの方法で犯人があなたに目撃されたと知った、という解釈を周囲はするでしょう」

駒木は必死の調子で仮説を否定しにかかってきた。

「あのパーキング、夜は目に入りやすいけど、狙って歩道から目撃させるなんて無理だって！」

「甘いですよ。実はあなたが目撃しなくとも構わないんです。あなたがあの日、あの時間、あの辺りを歩いていた、という事実があり、犯人があなたに目撃されたかもしれないと恐れる、という状況であれば、あなたはパーキングの事件の犯人に殺される理由を持ちます。警察に通報せず、目撃者ですらなくとも、別の事件に巻き込まれて殺された不運な被害者に仕立て上げられるんです。この場合、犯人にとって幸運にもうまく目撃させられたに過ぎなかった」

岩永は丁寧に逃げ道を塞《ふさ》いでやった。駒木は見るからにその仮説に押《お》し潰《つぶ》されそうだ。既婚者でありながら余所《よそ》の人妻と関係を持っているという罪悪感も手伝って、その夫に殺される絵がはっきり頭に浮かんだのだろう。

すると六花が良識をかざすみたいな調子で横槍《よこやり》を入れてきた。

「人の悪い真似《まね》はそれくらいにしなさい。その仮説は成り立たないでしょう」

即興の部分も多い仮説だったが、すぐにそう指摘できるとは、六花もこの仮説をすでに考慮し、問題点を洗い出していたのか。それともここで聞いただけで急所を見抜いたのか。

六花は駒木を慰めるように重ねた。

「犯人があなたを殺人の目撃者に仕立てて殺害する計画なら、パーキングにそのまま死体を放置して立ち去るでしょう。パーキングに死体があり、何時頃に殺されたか、という情報を警察が得ることで、その時間帯、その付近に目撃者がいないか、と捜査される。そこであなたがパーキングの事件の時に付近を歩いていたという情報が入ってようやくあなたが事件とつながる。あなたが殺される本当の動機を隠す煙幕が広がる」

反論は正しい道筋をたどっていた。岩永は少々感心しつつ、六花がしゃべるままにしておく。

「現状、警察はパーキングで犯行があったことすら気づいていない。胴体をめった刺しにされた死体とつなげる材料を犯人はまるでそこに残していない。ならあなたが殺されても二つの事件は容易にはつながらない。後から情報を出してつなげられるかもしれないけれど、その前に犯人があなたを殺したい本当の動機が警察に見つかり、せっかくの煙幕が広がる前に自分への捜査が本格化しかねない。死体の移動なんて余計な手間を取っているのに、まずい点ばかり増えている。辻褄が合わないわね」

六花はお茶をひと口飲み、意義のない時間を取らされたという風に締めくくる。

「よってその仮説は棄却される」

駒木は短時間に休みなく追い詰められたかと思えば急にそこから解放され、ほっとするよりどう反応していいのかといった心境なのか呆然《ぼうぜん》としている。

岩永は六花に肯《うなず》いた。

「その通りです。また事件からすでに一ヵ月以上経っています。犯人がこの人を殺すつもりなら、とうに実行していますよ。ただ反省はしてもらわないと。この人が神妙に警察へ通報していれば、私の手間も減ったんです」

「浮気を反省させるためではないのね」

「ああ、そこは不問とします。この人の奥さんも浮気しているので」

「えっ」

駒木が虚脱した顔でそう反応したが、岩永は構わず別の点を確認する。ちなみに駒木の妻の浮気は、妖怪達に調査させている時に入った情報である。

「それで犯人はどういう服装をしていました？」

駒木は混乱ばかり大きくされてか、考える気力もない様子で証言した。

「背中に大きくひとつ赤色の星が入った白地のダウンジャケットみたいなのを着てたよ。それがはっきり印象に残ってる」

「白地に大きな赤い星ですか。こちらの目撃証言とも一致しています」

駒木がすがる目で岩永に尋ねてくる。

「俺は今からでも警察に通報すべきなのか？」

「ご自由にどうぞ。こちらの調査の過程でじき事件が解決するかもしれませんし、警察も今さらそんな証言を持ち込まれても困惑しそうですが」

岩永の役目はスネコスリ達からの相談の解決で、警察を助けることではない。駒木の方が困惑しているとも見えたが、岩永の用は済んだのでベレー帽を取って頭を下げる。

「では本日はお邪魔しました。激辛担々麵の賞金は、時間を取らせてもらったお詫《わ》びに辞退します」

六花も席から立ち上がり、異を唱えず椅子《いす》にかけていたコートを取って腕に通す。

「そうね。少々アンフェアでしょうし」

たとえ痛みを感じなくとも、普通ならあれだけの刺激物を体内に入れればあちこちの粘膜や神経がどうにかなるはずだが、人魚の肉を食べた身なら変調の原因となる体の損傷はすぐに修復される。勝負として公正とは言えないだろう。

岩永は店の扉に手をかけながら、一応愛想《あいそ》良く駒木に釘《くぎ》を刺しておいた。

「私達については周りに話さないのをお勧めします。良いことがありそうには思えないでしょう?」

駒木は何度も肯き、岩永と六花が外へと立ち去るのを祈るようにした。話したところで何かするつもりもなかったが、駒木としてはとてもそうとは受け取れないだろう。

店を出て扉を閉めた後で六花が言った。

「あなたは話に聞くよりひどいわね」

「私は穏便でしたよ。六花さんこそ、大食いも得意なんですか」

「痛みだけでなく、満腹中枢も麻痺《まひ》しているのでしょう」

涼しげな六花だったが、どこまで冗談なのか岩永にも判別し難いところだ。それならもうちょっと肉付きの良い体になっていそうなのに、退院後も六花は骨が浮いて見える体をしていた。


岩永と六花は再び事件が目撃されたコインパーキングのある所まで戻ってきていた。今度は離れた歩道から見るのではなく、足を運んでパーキングの中まで入っていた。昼過ぎに駐まっていた黒の乗用車はすでになく、現在は誰にも利用されていない。もう午後五時を過ぎている。

岩永は何者かが死体に刃物を繰り返し突き立てていたであろう辺りに立ち、歩道の方を眺める。六花も隣に立って同じ動作をした。

「このパーキングで何かあった時、あの歩道からでなくとも目撃できる場所はいくつもあるわね」

六花はコートのポケットに両手を入れたまま問うでもなく言った。

「パーキングの横も前も道がありますし、周りに雑居ビルや倉庫がありますからね。そこを通りかかった人や、建物の中にいる人の方がより近くで目撃できるでしょう。けれど民家は付近に少ないですし、空き地もけっこうありますし、夜中だとさっぱり人通りがなく、建物のほとんどが無人になっていそうです」

岩永は答え、周りにある倉庫や三階建てでどこかの事務所として利用されているだろう建物を見上げて付け加える。

「たとえ建物内に人がいても、パーキングで犯人が黙々と刃物を振り下ろしているくらいでは異変に気づけないでしょう」

「死体に刃物が刺さる音くらいだと、周囲の注意を引かないわね」

死体も当然沈黙しているし、静かなものだ。

岩永はステッキで高く離れた歩道を指した。

「あちらの高台を通る道は一応民家の多い地域につながっていて、まだ人通りを期待できます。このパーキングにしても空間としてはあちら側に開放感があります」

少なくとも隠れて犯罪行為ができると判断できない空間だ。

六花は飽きたのか、防犯カメラの映す範囲を避けてパーキングから外へと向かいながらしゃべる。

「あちらからの視線を感じたとなると、犯人は死体に刃物を突き立てるより、周りに神経を張るのによほど集中していたのでしょう」

スネコスリの一匹が聞いた満足げな呟きからはそうとしか考えられない。

岩永は六花を追って形式的ではあるが指摘を行う。

「犯人の気のせいが、たまたま事実と合っていただけかもしれませんよ」

「それでも犯人は誰かに見られるのを期待してあそこで死体を損壊していた」

そこはもはや動かせない事実だ。岩永は六花の横へつき、ベレー帽を少し上げて尋ねる。

「そうする理由、先程の動機隠し以外に何が考えられます？」

六花は胡乱《うろん》そうな視線を落としてきたが、すぐ前を向いて短く言った。

「アリバイ工作の可能性があるわね」

「ほう。どういう風に？」

岩永もおおよそは理解できているが、敢《あ》えて促してみる。

六花は億劫《おっくう》そうに説明を続けた。

「目撃証言によって午前〇時半頃、パーキングで誰かがめった刺しにされていたのがわかる。そして別の場所でめった刺しにされた死体が見つかる。ならその被害者の殺害時刻はその目撃証言の頃だと警察は判断するでしょう。実際にはもっと前に殺されていたとしても。警察もとうに死亡した被害者をわざわざパーキングに運んでめった刺しにしていると普通は考えない」

「けれど犯人は目撃された時間帯、死体を損壊しているわけですからアリバイはやはりなくなるでしょう」

「殺人犯と死体損壊犯は別人。その殺人犯のアリバイを作るために今回目撃された人物が夜にも目立つパーキングまで死体を運んでめった刺しにしてみせた。その時間帯に殺人犯はアリバイを作っておく。殺人犯は被害者が殺された時、真っ先に疑われる人物。損壊犯は特に被害者とつながりがない。そのため殺人犯のアリバイを優先的に作ろうとした」

まずまずありえる内容だが、岩永はすぐ否定材料を示す。

「それだとやはりパーキングに血痕がほとんど残っていないのが問題になりますね。殺害時刻が目撃時刻と一致すると思わせたいなら、パーキングが殺害現場と思わせないといけません。血痕がなければあそこで殺されておらず、死体を損壊していただけではと推察できます。なら目撃時刻が殺害時刻とは限らないと警察が気づくおそれも高まります。死体から血を抜いてパーキングに十分撒《ま》いておくくらいの工作はやるでしょう」

「突発的な殺人で、急遽《きゅうきょ》殺人犯のアリバイを作る計画を立てたためそこまで気が回らなかったのでしょう」

何とも投げ遣《なや》りな理由付けだが、現実にはありそうではある。

「だったらなぜ損壊した死体をわざわざパーキングから遠い空き地までまた移動させて捨てたんでしょうね。そのままにしておけば殺害現場はパーキングと思われ、警察もすぐ周辺の目撃証言を探します。犯人にとってその方が好都合でしょう」

これは駒木豪の時にも挙がった問題である。

六花は間断なくその欠点を補ってみせた。

「この仮説ではそもそも殺害現場が別の場所で、アリバイ工作のためにパーキングに死体を移動している。ゆえに死体には移動させた形跡がどうしても残る。そのままパーキングに死体を放置すれば、別の場所から死体をそこに移動させたとわかってしまう。なぜそんな移動をしたかと疑問を招き、アリバイ工作を見抜かれるきっかけともなる。だから死体に移動させた形跡があっても不自然ではないよう、遠い空き地に死体を捨てる必要があった。パーキングで殺し、空き地に移動させたと思わせるために」

本来は二回移動させているのを、警察には一回と思わせる工作だ。確かにこの仮説では必要な移動になる。

「なるほど。犯人はそんなこまかい点には気づきながら、血痕はうっかりしていたと?」

岩永は朗《ほが》らかに言ってステッキでアスファルトを打った。

六花は痛痒《つうよう》もなさそうにあっさり白旗を上げる。

「だからこの仮説も棄却される。第一これは誰かに死体損壊を目撃されなければ意味がない。あのパーキングは夜中も目立つけれど、あの歩道を含め、周辺の人通りがまず期待できない。確実に目撃してもらいたい時に選ぶ場所ではないわね。そして目撃者が必ず警察に通報するとも限らない。実際、あの目撃者は通報していない」

六花も問題点を重々承知で語ったのだろう。

今度は岩永が違う仮説を提示してみた。

「他の可能性としては、犯人は別の人物に容疑をかけさせるためにやった、というものがありますね」

「そうね。手袋をして指紋に気遣い、顔を隠しながらも目立つダウンジャケットを着ていたから」

六花はさらりと応じた。説明は不要そうではあるが、岩永は続けてみる。

「背中に大きな赤い星です。町中でも目に留まりやすいでしょう。だから犯人は普段からそんな目立つダウンジャケットを愛用している人物に容疑をかけさせるため、同じジャケットを用意して着込み、目撃者が期待される状況で死体損壊を行った」

「目撃証言があり、被害者が恐喝していた者の中にそのジャケットを愛用している人物がいればいっそう容疑はかかりやすいでしょう」

六花は首肯しつつもこう付け加えるのを怠らなかった。

「けれど目撃の不確実性は同じく問題になるわね」

「そうでもありません。パーキングの防犯カメラに映っていなくとも、この周辺の他のカメラに死亡推定時刻頃、そんな服装の人物が映っていれば容疑を濃くできます」

「パーキングで事件があったとわからなければ警察もそこまで調べないでしょう。防犯カメラの所有者も、周辺で事件もなければ映り込んでいる人物を不審に思わず、警察に届けない。目撃証言がなければ犯人の期待通りには展開しない」

もっともではあったが、狙った相手に濡《ぬ》れ衣《ぎぬ》を着せるなら、目撃者は必ずしも実在しなくて良かった。

「目撃者がいれば最良ですが、なければ犯人自身が目撃者のふりをし、匿名で警察に通報すれば同じです。わけあって名は明かせないが、あの夜、パーキングで、こういう格好の人物が馬乗りで誰かを刺していたのを目撃した、と。最初は警察も半信半疑でしょうが、周辺の防犯カメラに同じ格好の人物が映っているのが発見されれば信憑《しんぴょう》性も変わってきます」

犯人にとっては目撃者がいておかしくない状況を作るのが一番で、駒木豪は幸運な余禄《よろく》みたいなものだったというわけだ。これで状況の不自然さがかなり解消される。

六花は苦笑と見えるものを口許に浮かべた。

「その仮説でも血痕がないのはどう説明するの？　なければ警察もわざわざ死体を運んできてめった刺しにしたとすぐ気づきそうね。そんな工作をした理由を探っていけば、特定の人物に濡れ衣を着せようという企みにも気づきそうでしょう」

「突発的に殺したのでそこまで思い至らなかったのでは」

六花と同じ理由を持ち出してみたが、同様に却下される。

「濡れ衣を着せたい相手と同じジャケットを用意し、この辺りの防犯カメラの有無も把握していながら突発的な犯行と？」

「たまたま同じジャケットを持っていてたまたまカメラの有無を知っていて、殺害後に利用するのを思いついたんですよ」

「だとしても犯人がそう意図していれば、とうにあのパーキングに警察の捜査が入って鑑識がものものしく動き回っている。犯人も誰かに目撃された確信があっても二週間以上パーキングに捜査が入っていなければ、自分で匿名の通報を入れているでしょう。時間が経てば防犯カメラの映像が消去されてしまう可能性も高くなるのに」

「はい。この仮説も成立が厳しいですね」

六花のだめ押しに岩永も白旗を上げた。しばらく無言で歩き、駅へと向かう上り坂にさしかかる。六花が岩永に見返り、首を傾げた。

「私を測っているみたいね？」

何を問われているか岩永はそれこそ測りかね、ちょっとだけ考え、結局訊き返した。

「どういうことです？」

「私が問題に接して何をどう読み取り、どう思考するか、あなたは観察、分析しているよう」

六花は半分冗談、半分本気で尋ねているらしく映る。岩永としてはそんないかにも感じの悪そうな真似を意識して行うはずもなく、あきれて言った。

「まさか。何のためにです？」

「私の存在をあなたが危険と認めた時、迅速に追い込めるように」

「あなたと敵対するならそういう情報は貴重ですが、恋人が敬《うやま》っている従姉と敵対するほど愚かじゃありませんよ」

六花はそんな岩永をしばし凝視し、それから嘆息して前を向いて歩く。

「だといいけれど、あなたは無意識にやれていそうね」

どうも岩永の見解を信用していないようである。これでは六花の方が好んで岩永を敵に仕立てているみたいでもある。だから少し意地悪く問い返してみた。

「それなら六花さんも、今日私に付き合っているのは私の力を測るためですかね。将来対立した時、打つ手を読みやすいように」

すると六花は快《こころよ》さげに笑った。

「今さら測る必要もないでしょう。あなたは単純だから」

「バカにされている気がしますが」

冗談の度合のわかりにくい六花だが、岩永の勘はそう告げている。

六花は心外そうに返した。

「単純な方が強いでしょう。歪《ゆが》みにくく、誤魔化しも利かない」

「知恵の神として化け物達を治め、この世の秩序を守る役目を果たす私が歪んでいたり誤魔化されたりじゃあ話になりませんが」

それを単純とまとめるのには抗議したくもある。

六花は時折岩永を批判的に評するし、幼《おさな》い頃から近くにあり、同じ境遇である九郎を取られたという気持ちもありそうだ。岩永との付き合いに心から賛成しているとまではいかない節もあるが、悪意は感じない。こうしていても小さい上に義足の岩永の歩幅に合わせ、足の長い彼女が配慮した歩き方をしていたりする。

「あなたは事件の真相をどう見ているの？」

六花が話を本題に戻した。あまり出し惜しみしてまた変な忖度《そんたく》をされても困るので、ここは正直な見解を岩永は開示する。

「犯人は犯行を見られるのを望む行動を取りつつ、隠すようにも動いている。見られたいならもっと人通りのある所でやればいいものを、見られる可能性が相当に低い所を選んでもいる。なのに見られたことに満足感を覚えてもいる。その状況で見られることに特別な意味でもあるごとく」

「特別な意味ね。なら犯人は、見られるかどうか、人の意志によらないものに賭けた。その成否に自分の進むべき方向を託した、というところかしら」

六花はやはり的確だった。すでに岩永と同じ可能性を頭に描けているのかもしれない。

「はい。そんな感触があります」

岩永の肯定に、六花は淀みなく続ける。

「犯人は目立つダウンジャケットを着ていた。普通なら犯行時の衣服は被害者の血や毛髪、指紋等どんな痕跡《こんせき》が残っているかしれないから早々に処分するもの。けれどこの犯人はそれを今も常用していそう。目撃証言があれば警察が自分に至れるように。それなら琴子さんの見方がより確からしくなる」

三日前に岩永も同じ推測を行っていた。

「この地域にいる幽霊やあやかしに、大きな赤色の星が背中に入ったダウンジャケットを着た人間が周囲にいないか調べるよう、指示を出しておきました。犯人が隠れつつ見つけられようとしているなら、犯行現場に近い地域で暮らしているだろうと」

岩永は今日、当てもなくこの地域まで足を伸ばしたのではない。駒木の証言によっては推理に大きな変更を必要としたが、想定内に留《とど》まった。

六花はいかがわしそうに岩永を見る。

「そういう人間がいたのね」

「はい、一名だけ。大して流通していない色柄《いろがら》なのでしょう」

スネコスリ達の色やデザインを把握する能力が人間と大きく違っていればやり直しだっ

たが、駒木の証言で確定できた。

「同じダウンジャケットというだけではまだその人間が犯人とは限らないわね。偶然同じものを愛用しているだけの無関係の人物かもしれない」

その人物に濡れ衣を着せるため、という仮説は否定されたが、偶然にというのはある。

とはいえ岩永はそれを排除できた。

「事件の夜、犯人の近くまで行ったスネコスリに確かめさせました。その人間があの夜、パーキングにいた者で間違いないと」

昨晩、その回答を得たのである。

「犯人は顔を隠していたのに断言できるの?」

「妖怪には人を姿だけで判別しないものも多いですよ。スネコスリは匂《にお》いや気配、人の感覚と違うものでも個体を識別できます。だから間違いありません」

同じ種類の犬や猫の個体を、人間が多少の毛色の違いでだけで識別するのは難しい。妖怪達の中にも人間の顔形はその程度の違いにしか区別できないものもおり、そのため別の感覚に頼っている場合が少なくない。

岩永は六花に対し、これから向かう方角へとステッキを上げた。

「では犯人に会いに行きましょう。直接当夜のことを訊くのが一番確実ですから」

六花がまたいかがわしげに岩永を見る。

「それができるなら、これまで仮説の検証をしていたのは何のためかしら」

「まともな仮説を棄却していくことで、まともでないものが真相と認識するためですよ」

六花はそう答えた岩永をしばし眺めていたが、諦観《ていかん》も露わにこう言った。

「名探偵らしそうなことを言って、あなたが一番まともではないのだけれど」

六花もまともでないのによく言えたものだ、と岩永は少しだけ驚いた。


午後七時を過ぎ、辺りがすっかり暗くなった頃、とある清掃会社から出て、帰宅の途に着いたであろう中肉中背の若い男に岩永は声をかけた。若い男が人通りの少ない道に入った辺りでだった。

年齢は二十代半《なか》ばだろうか。眼鏡《めがね》をかけているくらいで顔立ちにこれといった特徴はなく、雑踏に溶け込んでしまう容姿だ。ただ身につけている背中に大きく赤い星のひとつ入った白地のダウンジャケットだけがひどく目を引く。そのジャケットのため、いっそう個人の印象が消えていたりもした。

「重原良一さんですね。先月の深夜、コインパーキングでの件についてお訊きしたいのですが」

周囲に人の気配がなくなった頃、待ち構えていた態勢で、それも決定的な質問をしながらであったので幾分不意打ちじみていたが、これへの反応で岩永の推測がどこまで的を射ているかも判断できた。

重原は声をかけられた瞬間には動揺を表したが、問い掛けを聞くとむしろ安堵《あんど》を浮かべて姿勢を正した。それから岩永と六花をやや戸惑いがちに見て口を開く。

「確かに僕は重原良一だけど、ええと、お二人とも警察の人じゃないですよね？」

岩永はベレー帽を取って頭を下げる。

「そこはご期待に添えず申《もう》し訳《わけ》ありません。あなたを目撃したものからゆえあって調査を頼まれただけの者です」

重原は嘘偽りはないが真実は推察できない岩永の説明に呆気《あっけ》に取られたようにし、やがて頭をかいた。

「こういうのは考えてなかったな。目撃者が個人的に調査を頼むなんてなあ」

呑気《のんき》な口調だった。恐れや怯えもなく、いつも行く大衆食堂が突然甘味処《どころ》にリニューアルされていてどう対応したものか、といった風情だった。死体に繰り返し刃物を突き立てていたことについて問われているのに。

隣にいる六花とともに、岩永は穏やかに先を促す。

「あの夜のことについて、お話をお聞かせ願えますか？」

重原は結局笑ってこう許諾した。

「わかりました。予想とは違ったけど、これの方がずっと素敵です」

そして近くにあった誰もいない公園内で話すこととなった。

重原は木製のベンチに腰掛け、その前方にやや離れて立つ岩永と六花に機嫌良く事の顚《てん》末《まつ》を語り出した。

「内場という男を殺したのに恨みとか義憤とかあったわけじゃないんですよ。その数日前、綺麗なナイフを買ったんです。普通に果物とか食べ物に使うやつですよ。革製の鞘《さや》もついていまして。自炊なんてほとんどしませんし、包丁もろくに使わないんですが、そのナイフはなぜかほしくなりましてね、生活雑貨を扱う大きな店で見つけて買ったんです。それで何となく持ち歩いていました」

重原の語りは整然としていた。こういう機会が訪れた時のため、話す内容を整理していたのかもしれない。殺人にまつわる話にもかかわらず、青春の思い出でも披露するかのようだった。

「そんな時、あの男が恐喝で金を儲《もう》けてるのを知りまして。あの男が勤めてた居酒屋に清掃の仕事で入ったんですよ。それで携帯電話で恐喝しているのを耳にしまして、それも口振りから何人もやっているとわかりまして、世の中にはひどいやつがいるものだ、と思ったんです。そこでふと、使う当てもなく買ったこのナイフはこの時のためのものだったんじゃ、と感じたんです」

そして重原は恥ずかしそうにする。

「どうにもぱっとしない人生で、毎日変化もありませんし、僕は何のために生まれてきたんだろう、生涯に一度くらい、人に喜ばれる特別なことをしたいな、とずっと思っていました。そこへこの巡り合わせです。だからあまり考えることなく、あの男を刺し殺したんです。夜道を歩いていたところをすれ違い様に正面から。全く警戒してなかったんでしょう、あっさり胸をひと突きできて、それだけで殺せましたよ」

「血がかなり周囲に流れたでしょう。その辺りで何かあったとすぐわかるくらいには」

六花が事務的に尋ねる。重原はちゃんと自身の言い分を聞いて理解してくれていると感じたのか嬉《うれ》しげに肯いた。

「ええ、ナイフを抜くとかなり出たんですが、あの男は水の流れてる側溝の上に倒れ、ほとんどの血はそこに落ちましたから、その辺りで人が殺されたとはちょっとわからなくなったんです。傷は一ヵ所でそんな飛び散らなかったし。あれも僕にとっては綺麗な形で、この男を殺すよううまくお膳立《ぜんだ》てされていたな、と思いましたよ」

不明な点がわかるのは幸いだが、岩永としてもどうしたものか、という告白だ。

重原はやや弁解の調子になる。

「人殺しはひどいと言う人もいるでしょう。けれどあの男に脅されていた人達は僕に心から感謝してくれるでしょう。それは素晴らしくありませんか」

これも承認欲求と言うのだろうか。特別なことをして、特別と扱ってもらう。思い切ることさえできれば、努力や研鑽《けんさん》なしでも人は殺せる。それは戦場でもなければ特別なこととなる。平凡な者がすぐ特別になった気になれる。

重原は真面目《まじめ》な顔つきになって続けた。

「とはいえ人殺しは良くありません。僕も社会人ですから、犯罪行為はやはり後ろめたくもあります。でもそもそも僕は天に導かれてあの男を殺すことになったわけですから、警察なんて人の組織に捕まって罪に問われるのも不満があります。一方で僕が殺したとわからないと僕に感謝してくれる人もいません。これも不満があります。いったいどちらが望まれる未来なのか、僕には判断がつきません」

予想通りであったが、岩永はスネコスリ達にどう説明しようかと考えながら口を挟んだ。

「だから社会の裁きを受けるか、その必要はないと天から認められているのか、あなたは試してみたというわけですか」

重原が拳《こぶし》を上げる。

「まさにそうです！　いやあ、わかってくれる人で良かった。あのパーキングが夜中、あの高台の歩道からよく見えるのを知っていたんですよ。でもあの時間帯、人通りがろくにないのも。だからあの日、あの時、あそこで誰かに見られて通報されれば僕は捕まるのが正しい。そのわずかな瞬間を見られるなんて偶然、天の意志でもなければまずありえない場所です。逆にそれで捕まらなければそちらが正しい」

岩永は確認する。

「だから死体をわざわざそこに運んで刃物を繰り返し突き刺し、また死体を移動させて空き地に捨てたと」

見つかりたいのか隠れたいのかわからない。犯人は文字通り、見つかりたくもあり、隠れたくもあったわけである。

重原はベンチから立ち上がった。

「そのままパーキングに死体を放置してもいいかと思ったんですが、それだと目撃者がなくとも警察が通常の捜査で僕を捕まえられそうでしょう。天の意志があるかどうかわからなくなってしまいます」

「周辺に防犯カメラがありそうですし、パーキングからあなたの犯跡を完全に消すのも難しい。被害者とつながりはなくとも移動に使った車や逃げた方向からかなりあなたに近づけるでしょう」

岩永なりにその論理を補足する。重原はそれを助かりたい一心の隠蔽《いんぺい》工作と取られるのは不本意と、自身の背中を示した。

「そのかわり目撃証言があればすぐ捕まるよう、このダウンジャケットはあれからずっと着ています。こんな目立つジャケットを持っていたのもこの時のためだったんですよ」

六花が冷ややかに尋ねる。

「離れた歩道からではなく、パーキングそばの道をたまたま歩いていた人間に犯行を目撃され、すぐにその場で無様《ぶざま》に取り押さえられるとは考えなかったの？」

重原はさも六花がおかしなことを訊いているとばかり手を振る。

「いやだな、常識で考えてくださいよ。夜中、死体にナイフを突き刺し続けてる人間にいきなり近づいて取り押さえようなんて通行人がいます？　目撃してもその場を離れて通報し、警察が来るのを待つでしょう。近くからの視線があれば僕もすぐ気づきますし、それだけ時間があれば余裕を持って捕まる準備ができます」

巡回中の警官ならまだしも、よほどでなければ目撃しても近づこうとする者はいないだろう。警察に通報するにしても、犯人に気づかれないうちにできるだけ遠くに離れ、それからしようとなるはずだ。警官でもひとりだけなら応援を呼ぶのを優先して取り押さえるのをためらいそうだ。確かに重原は無様に捕まらないだけの心の余裕を持てそうではある。ただこの犯人に常識について語られるのは何だろう、とは感じる。

六花がさらに訊いた。

「パーキングで背中に視線を感じた時、どう思ったの？」

「やはり天啓だと手を打ちたくなりました。あそこにちょうど目撃者を通らせるなんて、特別な意志があったとしか思えません。だからじき捕まると待っていたんですが、なかなか警察が来ないのでどうなっているのかと」

　そこの解釈に不安を覚えていたらしい。警察が来た方が不安になるものだが、重原にとって逮捕は天啓の確認であり、喜びであった。来ないのがかえって不安を招く。もしスネコスリ達が岩永に調査を頼まず、駒木も沈黙していれば、この先重原はそれらをどう整合させようとしたろうか。

　六花も同じ考えらしく、慈悲のない調子で言った。

「そのジャケットは目撃されていた。けれど警察に通報できない立場の目撃者だった。あなたは特別な意志ではなく、人の保身という俗っぽいものに見逃されていただけ」

「いえ、それもまた巡り合わせです。僕の罪は罪、しかし裁きの場に向かわせるのはふさわしい者にさせようというはからいでしょう」

　重原の誇らしげでもある態度に不安など微塵《みじん》も浮かんでいない。

「お二人は何やら雰囲気が周りと違うと思ったんです。人の世の理《ことわり》を超えたものの使いという感じがします。お二人に送ってもらえるのは、警察といった役人に引き立てられるよりよっぽどふさわしい展開です」

　岩永の言うことではないが、その気になればどんな物事にも自分にとって都合の良い理屈がつけられるのである。

重原の理屈は一定の筋が通っていた。反証を挙げるのが不可能に近いくらい。もはやどんな事象でも自身を導く啓示にしてしまえるだろう。

重原は岩永と六花に恭しく請《こ》うた。

「では僕を警察に連れていってください。心の準備はしていましたから」

要求は日本の法律に照らしてまっとうである。生憎《あいにく》、岩永はそれに基づいて動いているわけではなかったが。

「いえ、私は真実を知りたかっただけで、別にあなたがどうなろうと構いません。今後の身の振り方はご自分でお考えください。私は他の用で忙しいですから」

岩永として現在悩むべきは、スネコスリ達にこの重原の行動原理を納得させられるかどうかだった。納得させられねば、いくら真実でも役目を果たしたと言いづらい。

人はちょっとしたことに法則や意味を求め、吉兆や凶兆といった因果《いんが》関係の不明なものに左右されたりはする。運に翻弄《ほんろう》された経験があれば、信じたくなるのも岩永はわかる。けれど極端が過ぎると妖怪でさえ首をひねるものになってしまうのだ。今回のものは、よほどうまく説明しないと嘘と思われそうな真実だ。

重原はぽかんとし、それからわけがわからないとばかりに言った。

「そんな無責任な。非常識だ」

「綺麗なナイフを買ったとかで人を殺す方がよほど非常識ですって。せっかくの綺麗なナイフを血で汚すのを是とするのも矛盾がありませんかね」

つい面倒になって岩永は正直な感想を述べた。重原にとって意味ある巡り合わせに見えるものも、結論に合わせて解釈したに過ぎない。自分が特別になれる、何かに選ばれたという満足感を得られるといった基準で。

重原は不服そうに天を見上げた。

「変だな。ならもう一度試すべきか」

そしておそらく内場新吾を殺した時のものであろう、鞘に収まったナイフを懐《ふところ》から取り出し、柄を握って刃を露わにすると岩永に対し間合いを詰めてきた。確かに北欧製と言われればそうかもしれないと納得しそうな白い柄の刃も綺麗なナイフだった。

ここで岩永達を殺し、また誰かに見られないか試して天の意志をうかがおうという判断をすかさず下したらしい。

殺意や緊迫感こそ乏しいが、動きに迷いはなく素早い。この襲いかかってくる重原を岩永はどう無力化しようかと、ステッキの握り方を変える。ステッキの一撃で手からナイフを叩《たた》き落《お》とし、次に足を払って地面に這《は》わせ、喉《のど》を踵《かかと》で踏みつけるといった流れが確実か。

そうして動こうとした刹那《せつな》、コートのポケットに両手を突っ込んだままの六花が横から重原を無造作に片足で蹴り飛ばした。重原はナイフを落として五メートルくらい先まで勢いよく転がり、地面に這う。

本当に無造作としか言い様のない六花の蹴り方だった。ドラム缶を蹴り飛ばすにもまだ情があるやり方をするだろう、とさえ感じるものだった。

重原が落としたナイフを六花は土の上から拾い上げ、不本意そうに岩永へ言う。

「余計なお世話でしょうけど、あなたがかすり傷でも負ったら後で九郎に怒られるから」

「それで怒る人が私を後ろから蹴り倒したりしませんよ」

妖怪達のトラブルや相談をこなすのにケガなど日常である。それくらいで九郎が六花に文句を並べるはずがない。逆に六花に手間をかけさせるなと岩永が怒られる方がまだある。自分で想像して嫌な気持ちになるが。

六花が岩永の仏頂面に微笑んだ。

「なら今のはあなたを蹴り飛ばしてナイフを避けさせた方が楽だったわね」

「六花さんが私の盾になって代わりに刺されてくれた方が楽でしたよ」

「それだと服に穴があくでしょう」

普通は体に穴があく方を心配すべきだが、六花には無用だ。

六花はうめいて起き上がろうとする重原へナイフを手に近づくと、冷えた声で告げる。

「託宣をあげましょう」

そして自身の白く細い首にナイフを突き入れ、ためらいの間もなく切り裂いた。頸動《けいどう》脈をきっちり切断したのだろう、景気よく血が噴き出す。痩せているので脂肪に妨げられずたやすく切れたはずだ。

重原は夜の公園の明かりの下、眼前でそんなものを見せられたからか顔を引きつらせて地面に腰を落としながらのけぞった。噴き出る血から逃れようとしたのかもしれない。

本来なら頸動脈を切断すれば流血によって意識を失い、そのまま倒れて絶命するのだろうが、人魚の肉を食べた者はそうはならない。流血する六花はふらりと倒れそうになったが寸前で踏みとどまり、つまらなそうに重原を見下ろし直す。

「倒れる前に、どうにか生き返れたわね」

言葉の途中から噴き出した血は染《し》みにもならず数度まばたきするうちに消え、体に戻り、大きく裂けた首も元通りになってわずかの傷も残っていない。不死身であるゆえに、死も傷も六花の体を壊すことはできない。

重原は目を見開き、この奇跡に声も出せていなかった。この世の外からの啓示や思し召《おぼ》《め》しで行動していたのに、いざ本物の異常を前にしては恐怖が上回ったらしい。

六花はそんな重原に命じる。

「どれでもいい、持っている硬貨を一枚、上に投げなさい。地面に落ちて、表が出れば警察に自首すること」

勝手な条件だが重原の理屈とは合っているだろう。

「う、裏が出れば？」

そちらの時どうするかが述べられないのに重原は息も絶え絶えに質したが、六花は厳然と言い切った。

「裏は出ない。出るのは必ず表」

さながらいかさまを宣言しているがごときだが、重原が自身の持つ硬貨から自身で選んだ一枚を自身で投げて地面に落とした時、どちらが上になるかを操作する現実的な仕掛けはないだろう。まして首を切って血を噴いたのに元通りになっている女性が言ったのだ。それは重原にとって託宣となる以外にない。

六花はついさっき首を裂いたナイフをこれも無造作に重原のそばに捨てた。

「導くのはこれが最後。これから先、天はあなたを見ていない。わきまえて進みなさい」

それで興味を失ったとばかり踵《きびす》を返し、六花は公園の出口に向かった。一応、岩永に声をかけてくる。

「行きましょう」

異論はないので岩永も従った。肩越しに重原を見れば、慌ただしく財布を取り出し、硬貨を一枚選んで投げようとしていた。

結果は岩永にもわかっている。必ず表が出るのだ。

午後十時を過ぎ、岩永と六花は電車に乗り込み、ようやく帰路に着いていた。重原良一を公園に捨て置いた後、スネコスリ達に会って犯人と目撃者の不可解な行動理由を説明した。嘘を交えずに納得させられはしたのだが、スネコスリ達は『人間のやることは怖いなあ、怖いなあ』と震えていたものである。

帰りの電車は二両編成で、そのうち先頭車両にいる乗客は岩永と六花だけだった。長い座席に二人並んで腰掛けていると、照明の下で揺れる吊革《つりかわ》と丸い吊り手が嫌でも目に入る。

「わざわざ一回死んでみせ、硬貨を投げれば表が出る未来を決定するとはご苦労ですね。あなたの未来決定能力は起こりやすいことしか決定できませんが、硬貨の表裏くらいなら二分の一の確率、簡単にどちらが出るかを決められます」

レールと車輪が出す音がする中、岩永は六花に言った。嫌味のつもりはなかったが、六花にはそう聞こえたかもしれない。六花と九郎は未来を決定する能力があるが、そのためには死という代償を支払わねばならない。まともな生物なら生涯で一度しか使えない能力だが、人魚の肉を食べた二人は死んでも生き返れるため、何度でもこの能力を使えた。

六花はあきれたように返してくる。

「ああでもしないと彼は片付かないでしょう。放っておけばまた些細《ささい》な出来事に巡り合わせや思し召しを見つけて人を殺しかねない」

そしてさも岩永に都合良く使われたと言いたげに続けた。

「私があるのを期待していたのでしょう？」

「さて、放っておいたところで自滅するしかないですし、それなりに片付いたんじゃあないですか。私には関係のないことですよ」

本当に重原良一の行く末は岩永に関係なかったが、片付けておいた方がまた近隣の妖怪達を悩ましたりしないだろうとは思っていた。そして天の意志やら導きを信じる重原をそこから切り離すには、人ではどうにもならないであろう偶然や奇跡を示して今後あなたにそれは降りないと突き放すのが手っ取り早くはあった。

六花は後頭部を窓ガラスにつけ、そんな岩永に世間話の調子で尋ねてくる。

「彼は間違った理屈を信じたに過ぎない。この世には啓示や思し召しがあり、そのサインがそこら中にあり、自分はそれを見分けられ、正しく解釈ができると」

「妄想の類ですね」

「けれどおみくじや占い、神頼みに人生を託す人、それらに安心を求める人は珍しくもない。それらもまた根拠のない啓示や思し召しみたいなもの。彼の行為が殺人だから異常に映るけれど、あれは人間誰もが持つ弱さに起因している。彼は自分に自信がなく、けれど少しばかり特別になりたかっただけで、特別になれる理屈を、サインを信じないではいられなかった。犯罪に関わらねば、彼は普通に暮らせていたでしょう」

奇矯《ききょう》な理屈であっても、信じる当人の心が平穏になり、周囲に害がなければそれは不適切とまではいかないものとして受け入れられる。迷信だ、間違っている、不合理だと排除する方が空気を読めない、和を乱すと責められたりもする。だからおみくじも占いも変わらず存在し、縁起を担いだ儀式やジンクスが信じられている。

六花は岩永を見下ろした。

「彼は思い通りにならない現実を乗り切るのに、自分で自分を騙《だま》しただけ。それはあなたが時々虚構によって皆を騙し、事を丸く収めるのとどう違うのかしら」

「あの人は自分にとって都合の良い天とか神とか怪しいものを嘘の理屈で信じ込んだ。私はそんな神なんていない、怪異なんか存在しないと信じさせるために虚構の論理を使うことが多い。どちらが健全かは明らかでしょう」

岩永は立て板に水と応じる。重原の理屈は結局現実と衝突して丸く収まっていないのだから、根本から不健全だ。岩永の行いと一緒にされては困る。

六花がしばしの沈黙の後、こんな当たり前のことを言った。

「あなたは妖怪や化け物の知恵の神よね」

「そうですね」

今さらの事実である。

六花は座ったまま肩を落とした。

「彼は正しくなかったけれど、神も怪異も実在する。あなたは本物の怪異による物事でもそんなものはないと信じさせる。なのに結論は逆なんて、途方もない欺瞞《ぎまん》ね」

「けれどそうして世の秩序は成り立っていますから」

「それは認める」

岩永の述べた真理に、六花は不承不承といった風情だが同意をもらす。岩永はそこに勢いよく重ねないわけにはいかない。

「なら秩序を守るというのは複雑な思考と調整が必要ともご理解いただけるでしょう。単純な者にはつとまりません」

根に持っていたわけでも訂正する意図があったわけでもないが、岩永は『単純な者にはつとまらない』という点を強調した。

対して六花は小さく笑う。

「『秩序を守る』という一点においてあなたは揺らがない。その目的のために選択を迷うこともない」

「当然でしょう」

「だからあなたの思考は読みやすい。とても単純」

どういうわけか『複雑だったら良かったものを』といった陰影のある口調だった。

やはり六花は岩永にとっても不可解でならない。今日は岩永の意図に則した動きをしてくれたが、どうすれば岩永の意図に合うか先読みして動いていた節もある。

岩永は少し顔をしかめてしまった。

「まったく、あなたが敵になると厄介そうですよ」

偽らざる岩永の本音だった。

それに対し六花は、夜を走る列車の中で窓の外を黙って見つめていた。

岩永は過去の事件を九郎に話し終え、今だからこその見解をしみじみと口にした。

「思えばその頃から六花さんは私と対立する現在を見越していたんでしょうね。予想通り厄介になりましたよ」

六花はその後しばらくして行方知れずとなり、現在、岩永にとって敵対的な、秩序を乱しかねない行動を取っている。それを封じるべく足取りを追ってはいるのだが、巧妙に立ち回っているのか手掛かりもろくにつかめないでいた。

九郎は岩永の持ち込んだ下着を袋に詰め直し、口を閉じて部屋の隅《すみ》にやっていた。意地でも好みのものを選ばないらしい。ただし語られた過去については感想を述べる。

「お前の方もいずれ六花さんと対立すると見越していたんじゃないか？」

何やら岩永も悪いみたいな言い種《ぐさ》であった。

「私なりにあの人とは友好関係を築こうとしていましたよ」

「話を聞く限り、そういう節は見られないぞ」

どう曲解して聞いていたのか。不満を顔に出した岩永に、九郎は苦笑した。

「しかし六花さんもお前に『敵になると厄介そう』と言われ、心底うんざりしたろうな」

やはり曲解している。

「なぜそうなる。私に敵にしたくないと感じさせたんですよ、六花さんは内心勝ち誇っていたんじゃあないですか」

九郎はため息をついた。

「その発言で、お前は六花さんが敵になっても厄介そうに感じるだけで、結局勝つのは自分と考えているとわかったんだ。それも『厄介』ではなく『厄介そう』と評価が一段低い。それはうんざりするだろう」

そう解釈もできるかと岩永は少し感心はしたが、この男は従姉への評価が緩《ゆる》いのだ。

「そんな殊勝《しゅしょう》な人ですか。不死身な上に、自由に未来を決定できる能力を持っているんです。あちらこそ負けるなんて考えていませんよ」

しかし九郎は表情こそ真面目だが、抜けたことを言う。

「未来を決定できると言っても、起こる可能性の高い未来だけだからな。そう便利でもないのはお前も知ってるだろう」

「下準備と試行錯誤でかなり融通が利くのも知ってますよ」

「それでもお前は六花さんと同じ能力を持つ僕を使える。お前の方が有利だよ」

確かに九郎がいれば六花の能力を相殺できなくもないが、釈然としない。つい疑わしげに詰め寄る。

「なら六花さんは私が先輩を自由に使えない状況を作ろうとしますよ。そして最近、その九郎先輩が味方と信頼しきれないのが問題でしてね」

岩永は部屋の隅にやられた袋を取って再び中身を出した。

「具体的には今日、私につけてほしい下着をなぜ選ばない」

「どれでも同じだから勝手につけろ」

「同じじゃあないですよ。どれも良くて選べないなら、風水による色なんかも考慮に入れてはどうです」

「そういうのを無闇《むやみ》に信じるなという話をしていなかったか?」

「先輩の劣情が多少なりと昂進するなら鰯《いわし》の頭でも頼りにしますよ。では逆転の発想です、脱がしてみたいという基準で選んでください」

しかし九郎が岩永に向ける目は、ひたすらショウジョウバエを見るかのごとくだった。

第二章　岩永琴子《いわながことこ》の逆襲と敗北（前編）

いったい何に襲われ、何に追われているのか。

丘町冬司《おかまちとうじ》はほとんど真っ暗な夜の山中を走りながら、乱れた呼吸で考えた。一緒に山に入った仲間三人もやや離れた前方で同じく逃げている。木々の間から差し込む月明かりとそれぞれが持つ携帯型のライトやランタンといった光がかろうじて逃げる先を照らしていた。

前を行く三人の姿ははっきりとは見えない。人工的な光が揺れているのはわかる。その光だけを頼りに暗闇《くらやみ》の中、木の根や石に足を取られ、並ぶ樹木の幹にぶつかりながらの逃走だった。

昼に四人で山に入り、かなり登ってさらに奥まで進み、夜になって個々にテントを張ってキャンプとなった。そして深夜、テントの外に明かりを置き、四人で座って話していた時、何ら音もさせず巨大なそれは現れた。草や土を踏む音も、周りを囲む高い樹木の枝葉を鳴らす音もなく、それは闇の中から青白く光りながら突然現れたのだ。

わけがわからなかった。やけに細長い足の、幅の狭い巨大なテーブルが現れたかと冬司は一瞬思った。そしてその足は冬司達を襲わんとばかりに持ち上がった。そこでようやく危機を悟った冬司は携帯電話を手にしたまま立ち上がって逃げ出したのだ。他《ほか》の三人は冬司より早く我に返っていたのかすでに樹林の中を駆け出しており、その背を追う形になった。

逃げるなら四人それぞれ別方向に走るのが良かったかもしれない。けれど冬司は反射的に仲間を追っていた。現れたものから逃げられそうな空間があるのはそちらくらいだったからでもあり、冷静な判断もできなかった。四人は樹林の中でテントを張っており、山道と言えるものもはっきりとしない場所だった。選択肢は限られた。

相手の全容はわからなかったが、細くとも背が高く、巨大であるのは確かだった。なら木々の合間を逃げる冬司達を追うのは楽ではないはずだった。少なくともそれらの木を薙《な》ぎ倒《たお》して進まねばならないくらいの大きさに見えた。

しかしそれは静かに追ってきた。冬司がもうそろそろ距離を取れたのではとつい振り返った時、それは変わらず間近に迫っていた。木々を倒さず、葉をこする音すらさせず、慌てふためく冬司達を愉快がるかのように追いかけてきていたのだ。黒い木々の中を走るそれは青白く光り、嫌でも目に入った。

信じ難いことに、それはどんな障害物ものともしなかった。木はそれの体をすり抜けていた。それは実体がないのか、どんな物も通り抜けていた。

亡霊。その言葉が冬司の頭に浮かんだ時、前方で悲鳴が立て続けに上がる。直後に重い物体が地面に落ちたような低い音が聞こえる。固いものが砕《くだ》ける音も。前で動いていた光は消失していた。

冬司は何が起こったか直感しながら走る足を慌てて緩《ゆる》めようとする。それでも勢いは殺しきれず、前のめりに転がりそうになる。すると一気に視界が開けた。樹林を抜け、行く手を邪魔していた木々がなくなったのだ。しかしそれ以上先に進めなかった。

数メートル先は崖《がけ》になっていた。左右に多少なりと動けるスペースがあるが、そこから下につながる道もなく、ここから逃げようとすればもと来た方向に戻るしかなかった。

テントを張っていた辺りまで登る際、ほぼ垂直で高さ二十メートルくらいはあろう崖を見ていた。その崖を迂回《うかい》するルートを取って上のエリアへと向かったのだ。自分達は崖の端《はし》から数百メートルくらい奥に入った所で休んでいたのである。

前を走っていた三人はそれに気づかなかったか、追われる恐怖で崖があるのを忘れていたか、夜の暗さに視界も不十分で、樹林を抜けても後ろにばかり気を取られ、そのまま崖から飛び出して落ちてしまったのだろう。崖に気づいたとしても足を止めるのが間に合わなかった者もいるかもしれない。

冬司は逃げ遅れ、前方から仲間の悲鳴を聞いたため、崖の存在を思い出してぎりぎり対応できたに過ぎない。

三人が本当に落ちたのか確認しないではいられず、無駄と思いつつも崖の端まで行って呆然《ぼうぜん》と下をのぞき込むが、暗くてやはり何も見えない。携帯電話に付いたライトではとても下まで照らせない。

すると急に周囲が明るくなった。冬司は急いで振り返る。

樹林の中からうっそりと歩み出たそれは、青白く光る全身を露《あら》わにしていた。立ち並ぶ木に遮《さえぎ》られ、全容が見えなかったものが、この夜空の下の崖の縁ではっきりとしていた。

「まさか、そんな」

いや、そうだったのかと納得するのが正しいのか。冬司は口を開けてそれを振り仰ぐ。

まるで知らない怪物であったならまだ驚きは少なかったかもしれない。

それはキリンだった。

青白く光る、網目模様のキリンだった。首の長い、あのキリンだ。

写真や映像で見るよりずっと大きく感じる。ずっと細く感じる。それゆえにいっそう恐ろしい。見知った動物なのに、とてつもなく怪物じみていた。見知っているから怪物として理解できるのか。全く知らないものなら、認識すらできないかもしれない。

「やはり祟《たた》りは本当だったんだ」

そんな言葉が思わずもれる。

キリンは高い所にある頭からそんな冬司を気分良さそうに見下ろし、一歩前に進んできた。冬司が本能的に後退《あとじさ》った時、そこに地面はなかった。叫んだ時にはすでに遅く、冬司は星のまたたく空を目に、暗がりに落下していった。

意識が戻るまでどれだけかかったか。冬司は全身の痛みに気づくと慌てて目を開けて身を起こしていた。どうやら崖から転落したものの命は助かったらしい。

頭から血が流れている感覚はあり、全身いくつも骨折をしていそうだが、動けなくもない。足に力が入らずまだ立ち上がれないが、上半身は起こせた。あの高さから落ちてこれくらいで済んでいれば奇跡だろう。もしかするとキリンは冬司が崖から落ちて死んだと思って満足し、去っていったのでは。

崖の下は広く樹林が途切れ、岩場や土がむきだしになった所が多く、後は低木や草が生い茂っている開けた場所だった。冬司はその崖から少し離れた所に倒れているようだ。

少し首を回すと仲間三人がさして距離も置かずそれぞれうつぶせに倒れ、まるで動かないのが目に入った。死んでいるとしか思えない。冬司としても、このまま山から出られなければ飢えと渇きで死ぬことになりそうだった。痛みは我慢できても、足が折れていれば自力での下山は困難だ。

だが下山を考えるのはまだ早かった。十メートルばかり先に、あの発光するキリンが立っていたのだ。見通しの良い開けた場所だけに木に紛《まぎ》れたりもしていなかった。キリンは冬司の生死確認のためか、崖から下りてきたのだろう。

冬司はいっそ笑いそうになった。立ち上がって走れず、走れてもこの山中で木々をすり抜けて追いかけてくるキリンから逃げ切れるわけもない。無念はあるが、これも必然の結果と受け入れるしかないだろう。

キリンは亡霊で実体はなく、冬司に物理的な攻撃ができないという可能性もなくはないが、そんな霊が人間に物理的な危害を加えた話も耳にしたこともある。

するとじきキリンの様子がおかしいのにも気づいた。キリンはどこか苛立《いらだ》ち、冬司に近づくのをためらうようだったのだ。

そこで初めて、冬司は自分の傍《かたわ》らに誰かが立っているのに気づいた。

背の高い女性だった。キリンほどではないが、彼女も拒食症を疑いたくなるほど細身だった。その女性が冬司を守るように真《ま》っ直《す》ぐ立って、キリンの方に視線を向けている。

「意識が戻ったようね。まあ、落ち着きなさい」

女性は冬司の方を見もせず、どうという支障もないといった軽い調子で言う。

「さすがにあんなのを相手にしたことはないけれど」

女性は両手を上着のポケットに入れたまま小さく苦笑し、キリンへと歩みを進めた。今度はキリンが、なぜか後退った。

その女性と冬司達四人は山の中で出会ってしばらく一緒に行動し、名前も聞いていた。一応アウトドアに向いた身形《みなり》をしていたが軽装で、寝袋と片手で持てるくらいのリュックサックを背負って山に入ってきていた変わった女性だった。

あまりの展開に冬司は思考が追いつかない。いったいなぜこの女性が自分の前に存在するのか。

彼女がここにこういう風に立っているわけがなかった。キリンがいるのと同じくらい、常識から外れた状況だった。

その女性の名前が思い出される。彼女は冬司達にこう名乗った。桜川六花《さくらがわりっか》と。

冬司はこの全ての出来事を前に、愕然《がくぜん》としているしかなかった。

十月十八日、火曜日の午後三時過ぎ。岩永琴子は携帯電話を手に、大学のキャンパス内にあるベンチに座ってベレー帽をかぶった頭を抱《かか》えんばかりにしていた。もともと主な学生の動線から外れている場所なので周囲に人影はなく、講義中ならなおさらだった。

「急にメールを寄越してなんだ。お前はまだ講義中だろう」

そこにコンビニエンスストアのレジ袋を手にした恋人の桜川九郎《くろう》が現れ、そう非難めいた声をかけてくる。岩永のメールを無視しなかったのは評価しないでもないが、こちらの様子にそんな正論から始めるべきでないと気づけないものか。

「これを見てください」

岩永は携帯電話に表示しているニュースサイトの記事を九郎に見せた。

「昼に入ったニュースです。Z県の山中に入って夜を明かそうとしていた男女五人のグループのうち三人が山中で死亡し、二人が山を下りて今朝方近くの民家に助けを求めたもの、そのうちひとりは重傷で入院となっているそうです。現在警察が調査中。けっこうな山奥なので手間取っているようではあります」

「山中に入ってって、キャンプ場でもあるのか？」

九郎が携帯電話をのぞき込み、レジ袋をベンチに置いて尋《たず》ねてくる。岩永が真面目《まじめ》な用件でメールを打ったと遅まきながら察したらしい。そのメールで少し高めのカップのアイスクリームを買ってくるようにと付け足していたのが悪かったもしれないが。

岩永はレジ袋から頼んでおいたバニラアイスとスプーンを取り出しながら答える。

「何もない、ろくに管理もされていない山だそうです。どうやら無断で入っていたようです。まだ死者の名前や年齢も公表されず、詳細も不明ですが、メディアでは遭難か事故と踏んでか大きく扱っていません。それで片付く内容なら被害者の個人情報など、この先も報道されないでしょう」

現段階ではじき他の事件やゴシップに紛れ、ごく近い関係者以外からはすぐ忘れられる出来事に見えなくもない。九郎もそういう例はすぐ思い当たるようだ。

「死者三人は重大だけど、山の事故なら続報がないのもありえるな」

とはいえ岩永が呼び出したのだからありきたりの出来事ではないと予期し出してはいるだろう。

「実はその山、キリンの亡霊が出るようになっていたんです。少し前にその山に棲《す》む化け物達から相談がありまして」

「麒麟《きりん》？　日本の山中にあの神獣が？」

九郎がそれはとんでもないものが出現しているとばかりに声を大きくした。

麒麟とは鹿《しか》の体に一本の角を持ち、牛のような尾に馬の蹄《ひづめ》をし、翼を広げて空を飛び、五色に輝くとも言われる。聖人が生まれる時に現れるとされ、鳳凰《ほうおう》などと並び称される神獣、瑞獣《ずいじゅう》である。

怪異や妖怪《ようかい》、化け物といったものと一緒に扱うのも恐れ多い存在で、岩永もこれまで出くわした経験はなく、出くわせば出くわしたで片膝《かたひざ》をついて頭を下げるくらいの礼が必要だろう。緊張もしてしまいそうだ。この麒麟が直接大きな事象に関わった記録を見たことはないが、それだけにどんな力を持つかわからない怖さもある。そもそも日本に現れた伝承もなかったのではないか。

九郎が急に不審そうになる。

「いや待て岩永。麒麟の亡霊ってどういう意味だ？　神獣の霊って概念に問題ないか？」

神獣が死んで霊になるとは確かに意味不明だろう。

「その麒麟ではありません。首の長い、動物園にもよくいるあのキリンです」

日頃妖怪や化け物と関わりのある岩永がキリンと言うから伝説の獣である麒麟を先に連想したのだろう。けれど一般的にキリンと聞いて思い浮かべるのはこちらの動物のはずだ。

アフリカの草原、主にサバンナと呼ばれる地域に棲息《せいそく》する首の長い動物で、日本の動物園でもよく飼育されている有名な存在だ。背の高さは五メートルはあるだろうか。その半分以上が首の長さであり、比べて胴体が小さく短く、足は細長い。胴体より首や足の方が長いのだ。何とも不安定そうな外見で、奇妙なバランスの哺乳類《ほにゅうるい》である。

複数の角を持ち、首さえ長くなければ鹿とそれほど違いがなくもないのだが、首の長さがどうしても個性的な印象を与える。黄色っぽい体に褐色の斑《まだら》を持ち、それが網目状に見えたりもする。

滅多《めった》に現れない神獣の麒麟よりはまだ日常的な存在であり、九郎は少し落ち着きを取り戻していたが、すぐにこれも異常ではないか、と思い直したらしい。

「それでもどうして日本の山にキリンが現れるんだ？　それも亡霊って」

日本に野生のキリンなどいるはずもなく、動物園で飼育されていたものが亡くなっても霊として山中に出たりしそうにない。

「それがかわいそうな事情がありまして。百年ばかり前の話になるのですが」

岩永は先日相談に来た化け物達から聞いた、日本の山中にキリンの亡霊が出るようになった経緯を語ることにする。

始まりは明治時代の末頃、つまり百年以上前、日本のとある動物園に一頭の大人のオスのキリンが輸入された。日本で最初か二番目か、というくらい早い時期のキリンの輸入だった。それまで写真や絵で知られていたとしても、今よりはキリンというものが認知されていなかった頃に日本へ船で運ばれてきたのである。

その背の高さから運搬には多大な手間がかかり、またキリン自体が珍しかったため、とてつもなく高価な買い物だったという。当初の購入予算を著《いちじる》しく超えたため、責任者が処分されたという話まである。

そうしてサバンナ生まれのキリンが遠く離れた日本に運ばれ、夏前に動物園で一般公開された。実物に接するのが初めてという者がほとんどという時であり、さらに日本国内に似た生物もいなかった。世界的に見ても、キリンと似た形の哺乳類は生きて動いていなかったろう。大きさといい形といい、圧倒的な存在感の珍獣だった。

公開されたキリンはたちまち評判になり、動物園に人が押し寄せ、巨額の購入費用を上回る価値があったという。

しかしそのキリンは日本の気候が合わなかったのか、それとも初めて扱う動物で園の飼育環境が不十分だったのか、たった一頭で異郷の園に囲われ、何十万という好奇の目にさらされたストレスからか、翌年の二月に死亡している。日本に着いて一年足らずで息を引き取っていた。

「せめてつがいで飼われていれば、ストレスは軽減されたかもしれません」

岩永はキリンの歴史に詳しくもなく、初めて聞いたその話に同情を覚えたものだ。最近は動物園でも繁殖ができない状況での動物の飼育を避けているとも聞く。

九郎も共感を覚えたようだ。

「そのキリンにとってはわけのわからないまま孤独な死となったろうな」

「ええ、それでキリンの遺体は剝製《はくせい》にされ、近くの博物館に引き取られたのですが、そこからが奇異なことになりまして」

「今さらお前が奇異もないが」

化け物達の知恵の神の岩永が使う言葉ではないかもしれないが、相談に来た化け物達がそう説明したのである。キリンがどうして日本にやってきて亡くなったかはわかっても、ここまでは山の中に霊として現れる事象とはまだつながらない。

岩永は続ける。

キリンの死後、どういうわけか動物園に相次いで不幸が降りかかったというのだ。飼育している動物が何頭も変死し、園長が倒れて入院してそのまま死去し、園内の猿が脱走して周辺住民に危害を加え、さらにキリンの剝製を収蔵した博物館でも館長が倒れ、学芸員も原因不明の熱で次々仕事ができなくなり、とまさに不幸の連鎖だった。

動物園関係者には輸入して一年足らずで死なせたキリンについて罪悪感のある者が何人もいたのか、ほどなくこれはあのキリンの祟りではないか、という声が上がった。博物館にもそれは飛び火し、入院した館長が死去するに至ってこれは本当に見過ごせないものでは、と恐怖が頂点に達したそうだ。

そこで動物園と博物館の新たな園長と館長が話し合い、キリンの剝製の展示をやめ、とある山奥に設けた社に遺骨を納めて祀《まつ》り、その怒りや無念を鎮めることにしたという。

「どうせ祀るなら動物園か博物館のそばに社を建てて日頃から手を合わせればいいものを、何も山奥まで運ばなくとも」

九郎が一緒にレジ袋に入れていたペットボトルのお茶を手に取って飲みながら、あきれた風に言った。

岩永もバニラアイスを口に運びながらそこは認める。

「祀るというより災厄を山奥に封じるという印象ですね。山は動物園や博物館からもずいぶん離れており、内々で行ったようですし」

祟りを治めたいが、目の付く所に祀っては不吉なことが起こったのをいつまでも忘れられず、動物園や博物館のイメージを損《そこ》なうかもしれないと恐れたのかもしれない。

その後、動物園と博物館では不幸の連鎖は収まり、また人が集まるようになったけれども、やがて起こった戦争によって園は動物の飼育が困難になって閉園、博物館も閉館となって現在では両施設とも存在しない。

「山中のキリンの社も当初は半年に一度くらいは供え物がされ、管理もされていたらしいですが、やがて年に一度、三年に一度となり、ついに人が来るのを見かけなくなったそうです。人が訪れやすい山でもなく、どうも今では所有者が誰かもわからなくなっていそうだと」

世は無常である。たとえ山が国有地になっていても、森林資源の利用がされず、人が訪れにくくもあれば、山中は荒れ放題で、何もかも忘れられていそうだ。祀り捨てられた神など珍しくもない。岩永は苔《こけ》や雑草に覆《おお》われ、埋もれていく社が容易に想像できた。

九郎が眉《まゆ》を寄せる。

「動物園も博物館も戦時中になくなったなら、そこにキリンが祀られている事実すら知る者がいなくなっていてもおかしくないか」

「ええ、サバンナから日本の動物園に送られ、死して故郷に骨も帰されず山中に封じられたのですから、そのキリンも無念だったでしょうね」

死んでも浮かばれぬ魂を持つならば、悲劇的な話だ。

そこに九郎が幾分救いを見つけようとする。

「とはいえそれなりに周囲に祟って報復はしたんじゃないか？」

「またそんな非科学的な。それらは偶然不幸が続いただけで、そこにキリンは関係ありません。そんな強力な祟りなんて十年やそこら生きただけの獣にできるわけないですって」

何でもかんでも超常現象につなげるのは良くない。岩永は九郎の常識を正してやることにする。

「野生動物をひどく殺して祟られるなら密猟者はとうにいなくなっていますし、キリンも絶滅を危惧《きぐ》されたりはしませんよ」

普通に日本の動物園で飼育されているが、キリンはかつて乱獲され、個体数をかなり減らしているらしい。

九郎はいかにも釈然としないといった顔になった。

「話の前提から科学を無視していなかったか？」

「心霊科学というものがあるとかないとか言いますよ」

それも勝手な言葉だが、霊魂と化せば何でもできるわけではなく、制限があると理解されれば問題はない。

「だとしても、今になって亡霊として現れているんだろう？」

九郎は首を傾《かし》げた。時期としてはどこか合わない気もしたのだろう。

「祟る力はなくとも恨みの魂が残ることはあります。さらに百年近く山の社に封じられれば念も深まります。ただし封じられていては何ができるわけでもありません。ところが最近、長雨や管理の不十分もあって山中で小規模な土砂崩れが起こり、キリンの社がすっかり壊されたと」

これで九郎にもようやく話のつながりが見えたろう。

「なまじ山中に封じられていたため、亡霊として現れる力を蓄《たくわ》えられたのか」

山はもともと妖気《ようき》や霊気、念が集まり、凝縮しやすい場所ではある。最初は弱々しい念や魂でも百年もそこから動けず、周りの気も吸収し、煮詰まっていけば、異国の哺乳類も再び形を取り戻せもしよう。

「相談に来た化け物達によると、キリンの亡霊は真夜中になると現れ、山中を歩くようになったそうです。やはり人間への恨みが強いのか、山の中で暮らす人間の幽霊や人間に近い形の化け物を見ると襲いかかってくるとも。キリンとしての地力のせいかなかなかに強く、こちらの言葉に聞く耳も持たないと言っていました」

「サバンナ生まれで日本に来て一年経《た》たず死んでいるなら、文化もまるで共有できていないだろうな」

九郎が今回は理屈をもってそう分析する。

岩永も異国で生まれ育ったキリンの亡霊と話を通じさせられるか心許《こころもと》ない。

「草食動物ですからおとなしそうに思えますが、大きさも形態も、存在を知らずに出くわせばほとんど怪物ですからね？　近くで見た化け物達も、あんな生き物が山中を闊歩《かっぽ》するなど、目を疑う光景でありました、と言っていましたし」

写真や映像で見慣れていれば実物を受け入れやすくなったりもするが、予備知識がまるでなしにキリンと遭遇すれば、まともな進化やデザインから出現した生物とは考えられず、怪獣や怪物と叫びそうだ。

また山の中というのが不気味さを増させるかもしれない。遠くから全体像が見えればまだしも、あの足も首も細長く、胴体も小さいキリンが木々の中に立っていては全貌《ぜんぼう》は捉《とら》えづらい。相手の一部しか見えず、全体像がつかめないというのはそれだけで不安をかき立てられる。そしてキリンは体の一部が見えただけではその不均衡な全体が推測しづらい。正体不明の印象がいや増すのだ。

九郎がこめかみに指を当てた。

「襲いかかってくるならいっそう怪物的だぞ。キリンはライオンを一撃で蹴《け》り殺す脚力があるし、あの長い首にしてもオス同士でぶつけ合って戦ったりする。長い首を勢いよくしならせて角のある頭をぶつけもするんだ。草食だから他の動物を積極的に襲わないだけで、陸上生物としてはかなり強い。力ずくでどうにかしようと思えば、妖怪側もただでは済まないと考えた方がいい」

「首をぶつけ合うのはネッキングと言って、相手の首の骨を折るくらいの強さがあるそうです。ろくろ首とか見越し入道とか細長く伸びる系統の妖怪とならば話が合って仲間意識も生まれそうですが、同族と認識されてネッキングされれば、ひとたまりもなく倒されるでしょうね」

あの二メートルはあろうという首を支えるには丈夫な骨が必要であり、自由に動かすには強い筋力がなければならない。首だけの重量でも百キログラム以上あるというのだ、それをしならせてぶつけられれば、軽自動車でひかれるに等しい衝撃を受けるに違いない。

「キリンの足も骨に薄く皮が張り付いてるだけで、体の大きさからすれば細いが、成人男性の腕くらいはあるからな」

九郎がまた知識のあるところを見せる。

「それで蹴られれば、棍棒《こんぼう》で撲《なぐ》られるのと変わりありませんね」

キリンと渡り合えるくらいの大きさの妖怪はいるし、体長が何十メートルもある大蛇が棲む山もある。力ずくでおとなしくさせる方法もあるにはあるが、その際に大きな手傷を負うものを出しては将来の禍根となる。また妖怪達もあれほど大きく不気味なものとは正面からぶつかり合いたがらないだろう。

そこで岩永は首を回して九郎を見上げた。

「九郎先輩、意外にキリンに詳しいですね？」

「以前、紗季《さき》さんに買ったキリンのぬいぐるみに詳しい解説書がついていてな」

「ほう。私は先輩にぬいぐるみを買ってもらった記憶がありませんね」

昔の恋人の名をさらりと出したのにむかっ腹が立ったので、岩永はアイスクリームのスプーンを口にくわえたまま、横に置いていたステッキの先で九郎の脇腹《わきばら》を貫《つらぬ》かんばかりに突いた。しかし痛みを感じない九郎には大して効かず、いっそう腹立たしい。

「なら今度、キリンクビナガオトシブミのぬいぐるみを買ってやるから」

「それは名前にキリンと付いていても甲虫《こうちゅう》でしょうが」

名前の通りキリンのように異常に首の長い昆虫である。そんなもののぬいぐるみがあるのかさえ定かでないし、あっても普通、女子に贈るものではないだろう。

「化け物達はキリンの亡霊をどうしてくれと頼んできたんだ?」

九郎がペットボトルのお茶を口に運んで先を促《うなが》した。話を変えたと言うべきか。別にぬいぐるみがほしいわけでもないので、岩永はアイスクリームを食べながら答える。

「来歴を知ればかわいそうと、手荒な真似《まね》は望んでいませんでした。その山から化け物達は一時的に避難し、様子を見ていたそうです。そのキリンも山中をうろうろしても、麓《ふもと》へ下りるのは恐れているようだと。人間に恨みはあれど、かつて捕らえられた身です、いきなり人が多い所に行くのは恐れもするでしょう。少なくとも自分の力がどれほどかわからなければ」

特に不自由がなければ、現状を大きく変えるのに抵抗を覚えるのは人間も獣も同じかもしれない。

「いきなり見知らぬ山中で目覚めては、戸惑って気持ちが荒《すさ》むのも道理、いずれ落ち着くのではないか、という判断を化け物達はしていたんです。それに昼間でも人間が訪れる山ではなく、騒ぎになるはずもない、いつまで経っても話が通じず、暴《あば》れるようなら私に押さえてもらうことになるやもしれず、前もって知らせておこうと相談に来た、という状況だったんです」

キリンという日本の山中では究極とも言える異物ではあるが、亡霊であり怪異である。山に棲む化け物達も基本は素直で単純なので、同類となった獣をいきなり排除というのは性に合わなかったのだろう。

岩永も化け物達が望まないなら急いで動く必要もなかった。

「穏便に済むならそれが良いと、私も様子見に同意したんですが」

アイスを舌に載せながら、ベンチに置いた携帯電話を目で示した。九郎もそちらに視線を動かす。

「山で死傷した男女五人のグループが、そのキリンに襲われたと?」

「化け物達は当時、山から距離を置いていて実際には何が起こったかわかりません。キリンの亡霊のいる山の麓に人間が集まり、騒いでいると私の所に先程化け物達から報告があったばかりなんです」

情報を集めるにも化け物達も慌てるばかりで、どう動くべきか判断できないらしい。岩永としても化け物達が事態をこじらせてはまずいので、とりあえず今は遠巻きに見守って、漏れ聞こえてくる話を収集するに留《とど》めるよう指示を出してはいる。

九郎は顔をしかめた。

「キリンの関与を否定できないか？」

「最悪を考えて行動しましょう。今日中に現地に行って正確な情報を集めたいと思います。人を襲って調子づいたキリンが山から下りて被害を広げたりするなんて展開になれば目も当てられません」

そのため九郎をわざわざ呼び出したのである。九郎もこれには拒否を表さなかった。

「車を出した方がいいか？　しかし化け物達もよくそれだけ山のキリンの裏事情を知っていたものだな？」

不幸中の幸いと言うべきか、その裏事情を前もって教えられていなければ行動がかなり遅れたかもしれない。

「キリンの社が作られた当時から山に棲む化け物がいますよ。人間が妙な骨を持ち込むのに気づき、どういうわけかと聞き耳を立てていたそうです」

社を設け、キリンの骨を納める作業をしていた者達が話したり噂《うわさ》したりするのを聞いたり、補足情報を動物園周辺に暮らす化け物から集めたという。その頃は後にこんな事態につながるとは予測できなかったろうが。

そして岩永は九郎に目を向ける。

「キリンの亡霊とはなるべく話し合いで済ませたいですが、力ずくになるかもしれません。その時は不死身の九郎先輩が頼りですから、よろしくお願いします」

半分以上手間を九郎に丸投げする形だが、適材適所である。

九郎はあからさまに迷惑そうにした。

「僕でもキリンと戦うのは怖いからな？　百獣の王のライオンもキリンを狩る時は十頭くらいの群れでかかるというぞ」

キリンの方でも九郎と戦いたくはないだろうが、そうならない方策を考えるのが第一ではある。しかし山の中となれば何かとやりにくそうだ。

他にも岩永には懸念材料がある。

「生きて下山した二人も気に掛かります。もしキリンの亡霊に出くわしていてそれを外部に話せば、妙な噂に増幅されてさらに面倒を招きかねません。キリンに襲われたにしても全員死んでいればまだ収束させやすかったものを」

「物騒《ぶっそう》なことを言うな」

物騒も何も、余所《よそ》の山に無断で入って迷惑をかけた連中に同情するいわれはない。キリンの方がやはり同情できる。キリンは夜中しか現れずそこでおとなしくしていたのを、人間が勝手に入って騒ぎ、襲われる状態になったとも考えられるのだ。

それに二人の生存者はさらなる迷惑をもたらしかねない。

「かつて鋼人七瀬《こうじんななせ》という都市伝説の怪人は人の噂から力を得て、災《わざわ》いをもたらしました。もし山中にキリンの亡霊がいるとの噂が広がれば、すでに形を得て強い力を持つキリンがさらに強力になるかもしれません」

ごく小さい可能性だが、警戒は必要だ。

九郎がまだ疑わしげにする。

「助かった二人がキリンの亡霊に襲われたと警察や周囲に話すか？」

「冷静なら正気を疑われるので黙っているでしょうが、面白がって吹聴《ふいちょう》するかもしれません。それに噂を聞いた六花さんが私への嫌がらせに利用しようとするおそれも」

六花の名前に九郎の瞳《ひとみ》にも警戒の色が浮かんだ。鋼人七瀬はまさに六花が噂を広めて利用し、岩永はその始末をつけるのに恐ろしく手間を取らされた。この件は取り越し苦労になるかもしれないが、異常事態に油断は命取りになる。

「鋼人七瀬の前例がなければもう少し落ち着いて行動できたんですが。キリンについて騒ぎになる前に、今回の事件、キリンとは無関係と嘘《うそ》の説明なりを使って収束させる必要があります。六花さんは何もしていなくても迷惑な人ですよ」

九郎は願望的に述べる。

「一番なのは、その五人のグループが普通の山の事故に遭っていることだな。土砂崩れに偶然巻き込まれたとかで」

「ええ、それを祈ります」

岩永はアイスクリームを食べ終わり、空になっているレジ袋にカップとスプーンを入れる。その時、マナーモードにしていた携帯電話に着信があったのか、九郎がポケットから取り出して画面に目を向けた。

「知らない番号だな」

九郎は呟《つぶや》き、蓋《ふた》を開けたままのペットボトルのお茶を岩永に渡しながら音声通話を受ける。岩永はアイスクリームの甘さが舌に残ってお茶がほしいところだったので、受け取ったペットボトルはちょうどいいと口をつけた。

九郎が耳に当てた携帯電話に要領を得ない応じ方をしている。

「はい、そうです。え、警察？　はい、桜川六花は僕の従姉ですが」

恐ろしく不穏な応答に、岩永は喉《のど》を通そうとしていたお茶が気管に流れ込んでむせてしまった。

九郎は一度電話を耳から離し、唖然《あぜん》とした表情で岩永に告げる。

「キリンの亡霊がいる山に入ったグループの中のひとり、六花さんだ。地元署で現在聴取を受けていると。素性の確認で警察の人が電話を掛けてきたって」

告げられた岩永も二の句が継げなかった。

九郎の携帯電話の番号はずっと変えられておらず、六花が憶《おぼ》えていても不思議はない。六花は現在住所不定だろうから、事件や事故に巻き込まれれば警察から身許《みもと》確認のため親族への照会を求められもするだろう。それに九郎の名前と電話番号を出すのも自然だ。

岩永は冷静にそう事態を整理してみたが、絶叫しないではいられなかった。

「あの女、今度は何を企《たくら》んでるんですか！」

最悪を想定して動くはずだったが、現実はそれを遥《はる》かに超えて悪いらしかった。


午後七時過ぎ、岩永と九郎はZ県矢次《やつぎ》市矢次警察署を訪れていた。九郎が電話を受けてから岩永の屋敷《やしき》にある車を使い、ともかく急いでやってきたのである。何もしない時間が長引けば長引くほど状況が悪化するとしか思えなかったのだ。ハンドルを握る九郎がよく事故を起こさなかったものだ、と到着してから岩永も気づいたくらいである。

受付で来署理由を述べるとすぐ一室に案内され、ドアを開けられた。その先で、行方をくらます前と変わらない容姿の桜川六花はテーブルについて優雅にカツ丼《どん》を食べていた。

「早かったわね、九郎。ついでに琴子さんも」

岩永と九郎の姿を認めると、六花は椅子《いす》に座ったまま割り箸《わばし》を上げ、悪びれるどころか呼びつけた使用人の忠実さを褒め称《ほたた》えるごとくそう言った。

その部屋は小会議室といった雰囲気で、横に長い机が三つとスチール製の折りたたみ椅子が十脚以上あり、ホワイトボードが壁際に置いてある。捜査員の会議だけでなく、署に来たり呼んだりした事件関係者を通して話を聞いたり、一時的に休憩させたりするのにも利用されているのだろう。

六花の右脇《わき》には私服ではあるが警察の者と思われる若い女性が困惑顔で立っており、左脇の椅子に三十代後半に見える大柄《おおがら》な中年男性が、こちらも虚を衝《つ》かれた顔で岩永達を見ていた。

岩永は嘆息した。いずれ六花との再会の時は来ると覚悟はしていたが、こんな形になろうとは。ステッキを突きつつ率先して室内に入りながら六花に応じる。

「警察でカツ丼を食べさせてもらっている人を初めて見ましたよ」

夕食時なのはわかるが、常人ならそんな脂っこいものを胃に入れられる心地ではないはずだ。

六花は不服そうに箸を動かす。

「でもお金は私が払ったのだけど。容疑者でもないのだから、警察の経費から出してくれてもいいと思わない？」

「いや六花さん、思い切り怪しい立場でしょうが」

詳細は不明でもそこは間違いあるまい。

六花の右脇にいた若い女性が我に返ったのか前に出て岩永達に対した。

「あの、矢次署刑事課の野江《のえ》です。そちらが桜川九郎さんですか？」

「はい、従弟の九郎です」

岩永の後ろにいる九郎が一歩踏み出し、野江と名乗った女性の刑事に身分証明のため運転免許証を差し出す。岩永も学生証を出して野江刑事に見せながらベレー帽を取って名乗った。

「こちらの九郎さんとお付き合いをしている岩永琴子と申します。その縁で昨年まで六花さんはうちの屋敷に寄宿していました。すでに父から六花さんの身許を保証する連絡がこちらに入っているはずですが？」

九郎も岩永も成人しているとはいえ学生であるし、岩永は特に成人していると見られない。最初でつまずかないため、社会的地位があり、他県の有力者ともつながりのある父に前もって電話を入れてもらっていたのである。六花が事故か事件に巻き込まれ、身許があやふやなので困っているようだから口添えしてくれないか、と頼めばすぐに対応してくれた。父に頼むのは心苦しかったが、背に腹はかえられない。

岩永の父は六花に好感を持っているので、それは大変だな、と何ら疑わずにいくつかの伝手《つて》も利用して六花の扱いを良くしたらしい。

椅子に座っている中年男性がしかめ面で口を挟んだ。

「連絡は受けている。同じく刑事課の甲本《こうもと》だ。名のある家のお嬢さんが来るとは聞いていたが、それで成人しているんだな？」

「恥ずかしながら童顔で」

「童顔で済む程度じゃないだろう」

余計なお世話である。そんな甲本に野江刑事がその言葉遣いはないでしょうと気弱そうに注意しているが、暖簾《のれん》に腕押しといった雰囲気だ。署では先輩後輩の関係なのだろう。

どうやら二人とも、部屋に入ってきた岩永があまりに場違いであったため、しばし言葉を失っていたらしい。前もって来ると聞いていても、それぞれが頭に描いていた二十歳を過ぎた御令嬢の想像図と違い過ぎたのだろう。

しかしすでに刑事課が関わっているなら、山で発見された死体は事件性の強く疑われる状態なのか。

岩永は九郎が近くに寄せたスチール製の折りたたみ椅子に座り、我関せずとカツ丼を食べる六花に尋ねる。机の上をよく見ればお茶とサラダとみそ汁まで並べてある。本当に優雅に夕食を摂《と》っていたらしい。

「それで六花さん、一年以上行方をくらませていたと思えばまた何をやらかしました？

知らないかもしれませんが、殺人は法律で罰せられる行為ですよ？」

「あなたは変わりないわね」

「こちらのセリフです」

六花は岩永の横に立つ九郎に小さく首を動かした。

「九郎もまだ琴子さんと別れていないのね」

「きっかけがないんですよ」

きっかけがあれば別れていたと言わんばかりの九郎を質《ただ》したいところだが、その前に六花が肩を落とした。

「きっかけは私が何度も出したはずなのだけど」

そして落胆しても食欲は別とばかり、サラダに箸をつけながら釈明する。

「ともかく私は重傷を負った人を支えて山から下り、命を助けたくらいでね」

「そもそもあなたがどうしてグループで山奥に入ってるんですか」

「そもそも私はあの山にひとりで入ったのだけど、中で偶然、男性四人のグループと出会ってね。何かの縁だからと話なんかしながらしばらく一緒に行動したんだけど、暗くなる前にはさすがに離れて別の所で休むことにしたの。報道ではそういった事情までは把握できず、五人のグループとまとめていたのでしょう」

「なら女性ひとり無断であんな山奥にどうして入ったんですか」

「ホテルを泊まり歩くのも飽きたから、気分転換にね。空気はいいし、星も綺麗《きれい》だったわね。あの山はどういうわけか怪しい気配もなく、中を通って移動すれば足取りも追いづらくなるでしょう。最近は女性ひとりのキャンプや山歩きは珍しくないからそう不審がられもしないし」

六花は九郎と違い、あやかしがいるかいないか、気配を感じられるのだろう。あの山に棲んでいた怪異達はキリンのために一時避難していたし、キリンも真夜中にならないと現れない。確かに身を隠すのにも適した山と六花には見えただろう。

岩永は頭痛を覚えつつ、刑事の甲本に話を振った。

「警察でもそんな説明をしたんですか？」

甲本は六花とどういうわけか岩永までも胡散臭《うさんくさ》そうに見ながら肯《うなず》いた。

「ああ、ここまで怪しい女はいないぞ。身分証もなく住所不定、山中に残されていた彼女の荷物からは高級外車が何台も買えるくらいの大金が出てきた」

それはとてつもなく怪しい。六花がその大金を違法な手段で入手したと思われるくらいに。その大金を巡って山中でトラブルが起こり、殺人が起こっていてもおかしくないくらいに。

岩永は六花にベレー帽をぶつけてやろうかと思った。

「どうしてそんな荷物を山に置きっぱなしにしてるんですか」

「重傷の人を支えて下山するのだから荷物は邪魔でしょう。最低限の水と食料だけを身につけて下りざるをえなかったの」

六花は平然と述べる。警察が身柄《みがら》を押さえたくなる材料だらけだ。弁護するのもひと苦労である。本来なら六花が留置場に放り込まれても何ら痛痒《つうよう》などなかったが、現状彼女の企みがわからない。警察に身柄を取られるより、さっさと連れ出してこちらの監視下に置いた方がまだましだ。

岩永は不本意極まりなくも、六花のために甲本へ弁明する。

「出所の怪しげなお金でしょうが、この人、賭《か》け事《ごと》に恐ろしく強いので競馬とかで得たものでしょう」

「本人もそう言ったが、事実なのか？」

甲本が疑いを強めて訊《き》いてきたが、事実なのだ。

「ええ、何度か万馬券を取るのを見ていますし、オッズが低い時でも大きく賭けて払い戻し額を高くしていたのを見たことがあります」

事実ではあるが、妖怪のくだんの肉を食べて得た未来決定能力を使って勝つ馬をあらかじめ知り、賭けているので、一般的な意味で賭け事が強いわけではない。

あくまで起こりやすい未来を決定するだけの能力なのでそう好きに万馬券を出せはしないが、出る可能性が高ければ確実に取れる。本命馬が勝つとわかっていれば、払い戻しが二倍程度でも大きく稼げる。高級外車が買えるくらいの額は一ヵ月くらいで手に入れられるのだ。

「お疑いでしたら近々あるレースで試させればどうです。同じ番号を買えば刑事さんも儲《もう》かりますよ。六花さん、できるでしょう?」

「できるけれど、利益供与になりかねないでしょう?」

岩永があまりにうんざりと言い、六花が常識人の装いで肯定する調子に真実味があったのか、二人の刑事は毒気を抜かれたようにしばし沈黙した。

「では桜川さんがその、あちこち放浪されていた理由は?」

野江がさらなる怪しい点を岩永に問うてくる。すでに六花が何らかの説明をしたろうが、第三者の証言と矛盾が出ないか裏を取ろうというのだろう。

岩永は苦虫を全力で噛《か》み潰《つぶ》したみたいな気持ちで、六花がしていそうな説明を間を作らず返した。

「私と従弟の九郎さんが付き合っているのが気に入らないらしく、一緒に住んでいた時からよくぶつかっていたんですよ。それで姿をくらませれば九郎さんが六花さんを心配して、私との関係も不安定になるとか狙《ねら》っていたんでしょう」

六花が指揮棒のように割り箸を宙で振った。

「あと近くで別れさせようと手を出したらあなたの反撃を受けやすいでしょう。だから遠隔的な方法でいろいろ嫌がらせをしようと」

「ええ、いろいろされましたね」

鋼人七瀬とか、音無《おとなし》会長の事件とか、嫌がらせ以外の企みの部分が大きそうなことを。

六花はか弱い女性を演じるごとく細い身を曲げて甲本に訴える。

「けれど琴子さんは情報を集めるのが早く、見つからず逃げ回るのも大変で。だから軍資金は多い方がいいですし、時には山奥で石を枕《まくら》に寝るのも必要だったんです」

甲本は懐疑的に六花を、そして岩永を等分に見比べた。

「こんなお嬢さんがそんなに怖いか？」

六花は微笑《ほほえ》む。

「刑事さんの目が節穴でないなら自明かと」

甲本は一瞬六花に呑《の》まれたのか顔を引きつらせたもののじき舌打ちし、次に九郎へ険《けわ》しい声をぶつけた。

「おい、どうもきみが話の中心なのになぜ黙ってる。こんな小さいのに対応を任せて恥ずかしくないのか？」

「そういう星の生まれなもので」

九郎はいたって真面目に答えていたが、甲本の心証を改善するに至らなかったらしい。

「きみらは警察をからかいに来たのか？」

「いえ、厳然とした事実です」

九郎は岩永と六花とは無関係とでも強弁したげにいっそう真剣な眼差《まなざ》しで返していたが、話を建設的に進めねばならないという義務感はあるのか、野江の方に向き直った。

「六花さんが怪しまれるのは仕方ありませんが、いったい山で何があったんです？　遭難か事故というニュースは見ましたが」

野江が甲本にどうするか問いたげな視線を向け、甲本はまた舌打ちして姿勢を正し、刑事らしく話し始めた。

「いずれ報道もあるが差《さ》し障《さわ》りのない範囲で話しておく。今朝午前九時過ぎ、一番近い麓から二時間以上入った奥で、三人の遺体が発見された。まだ解剖の結果は出ていないが、現場の状況から三人は崖から転落して亡くなったものと見られる」

「転落死ですか」

山の事故としてはありがちだが、刑事がこうして身構えているのだからそう単純な現場ではなかったのだろう。

甲本の説明をまとめればこうなる。

山をかなり登って奥に進むと、高さ約二十メートル、横幅五メートルくらいのほぼ垂直の崖の下に出るという。三人はその崖の上から落ちたと見られている。崖の下の周りは樹林が途切れ、岩や土や草が茂っているだけの日当たりのいい開けた場所で、三人はそこにせいぜい数メートルの間隔があるくらいの近さで倒れていた。まるで崖のほぼ同じ場所から飛び降りたかのように。その近くには携帯型のライトや電池式のランタンが壊れた状態で転がっており、それらも崖の上から落ちたものと見られた。

崖の上の土がむきだしになっている部分には複数の人間のものと思われる乱れた足跡があり、そこから飛び降りた、もしく足を滑《すべ》らせたという様子だったという。

その痕跡《こんせき》のあった場所から立ち並ぶ樹木の間を通り、二百メートルほど奥に簡易テントが四つ張られ、荷物や携帯電話が荒らされもせずそのまま置かれており、四人の人間がキャンプをしていた状態だったという。

六花が自身の持つ情報を開示して補足した。

「私は崖の下から少し離れた所に寝袋を出してひとり横になっていたの。崖の上に行くにはその壁面をよじ登らないなら、少し回り込んだルートを取る必要があって、登るのも下りるのも手間取る位置関係ね。それで午前一時頃かしら、重いものが地面に叩《たた》きつけられたみたいな音を聞いた気がして、ライトを手にその方に行ったの。様子を見に行くのも怖いけれど、そのままにしておく方がもっと怖そうだったから」

岩永には六花がそれくらいのことを恐れるとは思えないが、刑事がいる手前、多少は現実感のある表現が求められるだろう。

九郎が理解したらしく腕を組んだ。

「四人は崖の上の奥でキャンプし、六花さんは下にいたわけですか。男性グループですし、六花さんを襲おうと考えるかもしれません。それだけ離れて休んだのはわかります」

「この人を襲おうなんて物好きかつ命知らずはいませんよ。昆虫で言うとカマキリな人ですよ」

岩永はつい本音で指摘してしまった。六花がつまらなそうに唇《くちびる》を尖《とが》らす。

「せめてハナカマキリくらいにしてくれないかしら」

見た目が多少華やかなら許容するのか、と言いそうになったが、甲本がたまらずという風に遮る。

「カマキリは知らん。だとしても山奥に大した装備もなくひとりで入っている女だぞ。まずは自殺志願を疑って関わり合いを避ける。男達の方から距離を取ったと思うがな」

六花は肩をすくめ、おそらくすでに警察の聴取で答えたであろうことを続けた。

「ともかく音のした方に行くと、日中一緒だった四人が崖の下に倒れているのを発見した。三人はすでに亡くなっていたけどひとりは落ちた所が良かったのか、重傷のようでもまだ意識があった。それで肩を貸して一緒に山を下りることにしたのだけれど」

「携帯電話で助けを呼ぼうとはしなかったんですか？」

常識を疑う岩永の言葉に、六花はむしろ岩永こそ常識を知らないのかと言いたげにする。

「私は住所不定で持っていなくてね。助けた人は持っていたけれど、崖から落ちた時に壊れてしまっていて。それでなくとも山の中は圏外だそうよ」

野江が情報を付け加える。

「四人がキャンプしていたテントの外に、携帯電話が二台落ちていました。それらは壊れていませんが圏外なのは事実です。あの辺りは山を出ないと通話は無理です。他の人のものらしきもう一台が崖の下に落ちていましたが、これも壊れていました」

「重傷者をむやみに動かすのは危険ですよ。それで夜の山奥から下りるのも。朝まで待って六花さんひとりが下山し、助けを呼ぶのが適切だったんじゃあないですか」

「その重傷者がひとり取り残されるのを怖がったのよ。山で初めて会っただけの女性が助けを呼んでくると言って信用できる？」

信用できないだろう。月明かりの下の六花の顔の陰影からして不吉に映りそうだ。

野江が六花をフォローする。

「桜川さんの判断を適切とまでは言えませんが、仮にひとりで下りて助けを呼び、レスキューが現場まで向かうのにどれだけかかったか。ヘリの手配も時間が必要ですし、山道も整備されているわけでなく、桜川さんも現場までのルートをきちんと把握するのは難しかったでしょう。助けられた男性のグループはあの山に入るのにも入念に準備し、何ヵ所か目印をつけて進んでいたといいますが」

「結果的に彼は早くに助かったのだから、適切だったでしょう」

六花は臆面《おくめん》もなくみそ汁を口に運ぶ。今朝方そんな難事をこなした女性の態度ではないからか、野江はどうにも訝《いぶか》しくてならないといった目を六花に向けていた。

甲本が頭をかいた。

「そこは助けられた男からも証言を得ている。そういう成り行きで一緒に山を下りたと」

「助かった男性から証言を取れるなら、当夜、何があったかはすでに明らかなんじゃあないですか？」

岩永はどういう答えがあるか予想はできたが、やや驚いた風にそう尋ねてみた。

「それがその男、夜中、テントの外に四人で集まって話をしていた時点までは憶えているが、そこから崖の下でこの桜川さんに助け起こされるまでの記憶がないらしい。テントの外には水筒や金属製のコップが人数分転がっていて、メモ帳や筆記用具もあったから、四人が集まって話し合っていた痕跡はあった」

甲本はその証言を鵜呑《うの》みにしていない口調だった。

「その人は頭も強く打っていて、一時的な記憶の混乱や喪失はありえます。またひどい経験をすると無意識のうちにそれを記憶から消そうとしたりもするそうですが」

野江は可能性を否定していないが、信頼の響きはない。本当に記憶がなくなっていたとしても、不自然な欠落に思えるだろう。

岩永は朗《ほが》らかに感心した表情を作って、自身の理解を口にしてみた。

「状況からすると、深夜、四人がテントの外で話している時に何かが起こり、携帯電話をその場に落としたり、荷物も放ったまま、ライトやランタンを手に四人揃《そろ》って木の間を通って崖の方に走り、間断なく飛び降りた、と見えますね。携帯電話はライト代わりにもなりますから、それで先を照らして崖へ向かった人もいたかもしれません」

甲本が岩永をにらみつけんばかりに肯いた。

「ああ、まさにそんな現場だよ。それがただの山の事故に思えるか？」

「さあ。私は山に詳しくないので」

岩永はとぼけはしたが、思えるはずがない。四人が集団自殺を試みたにしても不可解であり、事故にしてもありえない流れだ。

岩永は概《おおむ》ね何が山で起こったか推察できた。昼過ぎにした祈りは完全に無駄に終わったのだ。四人はキリンの亡霊に襲われた。目を閉じて現実逃避したい。

甲本が半眼になった。

「現場を見た捜査員のひとりによれば、まるで皆、山の中で何かに襲われ、明かりだけ手に慌てて逃げ出し、その何かに追われるまま崖から飛び出した、あるいは追い詰められて崖から足を踏み外したみたいだと」

勘の良い捜査員もいたものである。この甲本の見解かもしれない。どこまで情報を明かす気なのか知れないが、岩永はちょっと水を向けてみた。

「山ですから熊《くま》や猪《いのしし》なんか出そうですよね。食べ物目当てのそういうのに暗闇から襲われればパニックにもなるでしょう。そんな大型の獣が崖の方へ皆を追いかけていた痕跡はありませんでした？　足跡や木の傷とか残っていそうですが」

「現在、そういった痕跡や荷物が荒らされたりといった報告はありません」

野江が甲本と岩永の遣《や》り取《と》りにあきれた調子で答える。甲本がやけに岩永に絡むな、と困惑しているようでもあった。

九郎がその流れを変えるためか質問を挟んだ。

「その四人の男性、どういう集まりなんです？」

「全員二十四歳で大学時代の友人同士だそうだ。山に入ったのは、大学時代に親しかった女性の追悼のためだそうだが。その女性が生前、あの山に入ろうとしていたとか」

甲本もまだその辺りは不明確らしい。六花が補足する。

「私もそう聞いたわね。大和田《おおわだ》柊《ひいらぎ》という名前の女性だそうよ」

一時的に行動を共にしていた時、聞いていたのだろう。甲本としては部外者に事件の情報を出されるのは歓迎できないが、六花の口を閉じたままにもできないとばかり、嫌そうにこう付け足した。

「助かった男は意識があるとはいえ重傷だ。詳しい聴取はこれからで、それ次第で話は変わるかもしれん」

その四人にも六花にも後ろ暗い点があれば、警察には話していないことがあると疑うだろう。

するとカツ丼はもちろん、サラダもみそ汁もいつの間にか食べ終えて割り箸を置いた六花は悠然と二人の刑事に確認した。

「私の身許は保証され、迎えも来たのだから、そろそろ帰してもらえるかしら?」

甲本はまた舌打ちする。

「助かった男とあなたの証言に現状で矛盾はないが、あなた自身を含めて不審だらけだ。三人の解剖結果が出て、詳しい事情がわかるまではこの土地を離れないでもらいたい」

六花がちらと岩永を見た。その要請に応じるのは癪《しゃく》に障《さわ》るが、六花とは至急、警察の監視下にない場所で話をしなければならない。

「市外になりますが、県内のこのホテルに三人で泊まれる部屋を取ってあります。最低明後日《あさって》まではそこに宿泊して六花さんをひとりでは行動させないようにしますよ。私の携帯電話の番号はこちらです」

岩永はやむをえないとの本音を隠さない仕草《しぐさ》で携帯電話を取り出し、県内で一番設備が整っているホテルのスイートルームを予約したメールと自身の電話番号を表示して甲本と野江に示す。いくら怪しくとも具体的な容疑もなく、さらに名のある家の主が身許を保証した人物をこれ以上拘束はできないはずだ。

甲本は岩永の携帯電話を奪うように取って画面を見つめ、野江にそれを記録させるためか渡し、一番話が通じそうだと踏んでか、ここに来てから立ったままの九郎に尋ねた。

「きみら三人、どういう関係だ？」

「六花さんにまた行方をくらませられたら困る関係ではあります」

九郎は、そこは信用してほしいとばかりに答えた。六花がたおやかに椅子から立ち上がる。一応山に入るに当たってかアウトドアに適した服装をしているが、色合いは地味なものにまとめていた。

「私もまだ逃げ回るつもりなら、琴子さんを呼び込む手段を取りませんよ」

甲本を安心させるためか六花は付け加えたが、岩永を身許保証に利用しながら感謝の素振りもないとはどういう了見か。

岩永は噛みつきたいところだが、ここはベレー帽をかぶり直して抑えた。

「九郎、荷物をお願い。今日は疲れたから」

六花は部屋の片隅《かたすみ》を親指で示す。そこには山から回収され、警察で中身を確認されたのであろう手に提げるのも背負うのもできるデザインのリュックサックと、丸められた寝袋が置いてあった。九郎が当然のごとくそれらを手にして六花に従う。

「九郎先輩、そこは迷惑そうにしてください」

恋人で右眼《みぎめ》が義眼で左足が義足の岩永が同じことを頼んでも渋々《しぶしぶ》と動く時が多いのに、この差はなんだ。すると九郎が不思議そうに返す。

「けど六花さんも大変な目に遭ったろうし」

「私は面倒な目に遭わされていますよ」

甲本が苦々しげに言う。

「きみら、本当にどういう関係なんだ?」

野江も同感そうに半眼になっていた。


矢次警察署を出て駐車場に向かいながら、岩永は前方を歩く二人に不機嫌に言った。

「どうして並んで歩く二人の後ろを私が追う格好になってるんですか」

六花と九郎が何事かとばかりに振り返る。

通された部屋を出てから六花は両手とも上着のポケットに入れて憂《うれ》いなどなさそうに歩き、九郎は荷物を手に六花のすぐ横について進み、岩永はその足の長い二人の速度に少し遅れ気味についていく形で、明るい署内から夜の空気の中へ出ることになったのである。

終始自身のペースを崩さず進む六花も六花だが、その彼女に寄り添い動く九郎も九郎である。なぜ恋人の岩永を後ろに放って歩いていられるのか。

「あなたが置いていかれない程度の速さで歩いているのだけれど」

六花が足を止めず、首を傾げる。

「だからなぜ私を後ろにする。この位置関係だと私を部外者扱いでしょうが。端的に言って虫が好きません」

岩永は小走りで距離を詰め、ステッキでその九郎の腰を叩いてやったが、九郎は非常に鬱陶《うっとう》しそうな表情になるだけ。

六花が愉快げにする。

「九郎は私があなたに危害を加えないよう、近くで警戒しているだけよ。後ろをついて歩いているのが位置的に一番安全と判断したのでしょう」

「どうして六花さんが私に危害を加える必要が？」

今度は岩永の方が首を傾げた。六花が続ける。

「私が何を企むにもあなたが邪魔だと考え、いっそ殺した方が早いと動くかもしれない、と危惧するのは自然でしょう？」

「いやいや、六花さんはそんな愚かじゃあないでしょう。私を殺したらその時点で負けが決まりますから」

もし九郎がそんな危惧をしているとしたら杞憂《きゆう》もはなはだしい。

「六花さんの能力は極めて危険ではありません。けれど六花さんを完全に封じようとすれば恐ろしく手間がかかり、逆に思わぬ反撃を生んでより秩序を乱すことになりかねません。よほど看過し難い行動を起こすか、反撃させない機会をつかまない限り、こちらも苛烈《かれつ》には動けません」

「そうね。私はおとなしくやられないわね」

六花がもっともらしく肯き、隣にいる九郎がなぜか複雑な表情をしている。この男は理解できているのか、と岩永は疑わしげになりながら説明を重ねた。

「けれどもし六花さんが私を殺せば、それは明らかな秩序の破壊行為です。秩序を守る者を殺したのですから、情状酌量《しゃくりょう》の余地もありません。よってあなたは存在が許されるものではなくなります。どんな犠牲を払っても、新たに選ばれた化け物達の知恵の神によって完全に排除されるでしょう」

化け物達も六花の反秩序の凶行を周囲に伝え、新たな知恵の神もそれを知り、しかるべく動くのが最初の役目となるかもしれない。

いくら六花が不死身で未来決定能力があるといえど、捕まえるくらいはできる。さらに彼女をコンクリート詰めにして高層建築物の基礎部分に埋め込むとか、海溝深く沈めるとかすれば、百年単位で何ら行動できなくなるだろう。六花としてもそんな目に遭うくらいならいっそ生き返れない方が楽という状態になる。

そう言うと九郎だけでなく、なぜか六花まで目を大きく開いた。

「あなたがいなくなれば、またすぐ新たな知恵の神が選ばれるの？」

「私は不死身じゃありませんよ。私が活動できなくなった時、新たな知恵の神がいないと大変でしょう。誰がこの世の秩序を守るというのです？」

自明だと岩永は思っていたが、どうやら六花はこの理屈がまるで頭になかったらしい。変に感銘を受けたように頰《ほお》に手を当てている。

「そうね。私達が知らなかっただけで、これまでも片眼《かため》をえぐられ、片足を切断された誰かがいてこの世を守っていたのでしょうね」

「もしや六花さん、いざとなれば私を殺そうと考えてたんじゃあないでしょうね？」

こちらが論理的な思考で状況判断しているからといって、相手も同じとは限らない。それは重々わかっているが、六花がその程度も考えられない女性だったとすれば、少々残念になる。幻滅である。

六花がそんな岩永の感想を読んだごとく、ポケットから出した手をとんでもないと言いたげに振る。

「まさか。理屈は違えど、あなたを殺せば私がおしまいなのはわかってる」

他にどんな理屈があるかと岩永は眉をひそめたが、六花は隣の九郎を見遣《みや》った。

「琴子さんを殺せば九郎が私を許さない。どんな手段を使ってでも私にしかるべき報《むく》いを与えるでしょう」

そう確信に満ち満ちた声で言われた九郎は、どうも迷惑げにしているとしか見えない。

六花はポケットに手を入れ直し、天の真理を語る風に空を示す。

「私と同じ能力を持つ相手に手段を選ばず敵対されれば、持ちこたえる自信はない。それにこの世で九郎だけが小さい頃から共にあって、私のことを理解し、何かあった時にも頼れる存在。それを失う真似ができるわけがないでしょう?」

六花はそして軽く笑った。

「この理由だけであなたを殺せない。だから新たな知恵の神が生まれるなんて考えもしなかったわね」

独自の理屈で同じ結論に至っていたので、他の理屈まで検討しなかった、というのは筋が通っている。だが岩永は釈然としない。

六花が九郎の肩に手を置いた。

「だから九郎、警戒の必要はない。何があっても私は琴子さんを傷つけられない。あなたが何をするか私は知っているから」

岩永はあきれて正した。

「いやいや、六花さん。九郎先輩のことです、私が死んでも厄介払いができたとばかり晴れ晴れと伸びをする姿が想像されるのですが」

九郎がすかさず真顔で訂正を入れる。

「一応世間体もあるから悲しむふりくらいはするぞ」

「ほら、こんなことを言ってますよ」

絶対岩永の身を案じて六花の横についていたのではなさそうである。単に岩永より六花を優先しただけの気がする。

六花が残念な存在に対する視線を岩永に投げかけてきた。

「相変わらずあなたは情を理解できないのね」

「それはあなたの従弟に言うべきでしょうが」

どういう論理を駆使すればそうなるか問い詰めたいが、無駄話をしている場合でもなかった。

駐車場に到着し、九郎がキーを出してトランクに六花の荷物を収めている時、岩永は本題に戻す。

「六花さん、それより山で本当は何があったんです？」

腕を組んで車にもたれる六花は肩をすくめた。

「キリンに襲われた、と言えば信じてくれるかしら？」

「ええ、首の長い方なら」

岩永がさらりと返すと、六花がつまらなそうにした。

「あの山にキリンの亡霊が出るのを知っていたのね？」

「こんな事態は予想外でしたが。あなたの思い通りではありますか？」

「大抵は、私の思い通りになんていかないのだけれど」

未来を決定できる能力を持つ者にそう言われても、まるで信用できなかった。


ホテルに向かう車の中で、六花はキリンの亡霊の出る山で本当に起こったということを語り出した。

「午前一時頃、崖の下で何か落ちる音を聞いたところまでは警察でも事実を話してる。そこから先は私が助けた男性、丘町冬司さんと話し合って事実を一部省いた内容を語ってる」

ハンドルは九郎が握り、助手席に六花が座っている。後部座席に一番小さな岩永がひとりというのは配置がおかしくないか、と乗り込む時に抗議したのだが、事故の際は後部座席が安全だから、といった理由で後ろに座らされたのである。

「私がライトを手に崖の下に行くとすでに三人が倒れていて、崖の上では丘町さんがキリンに端まで追い詰められ、今まさに落ちるところだった。後で聞くと、テントの外で四人で話し合っている時、突然音もなく現れた青白く光るそれに襲われたそうよ。その時はまだそれがキリンとはわからなかったそう」

亡霊でなくとも日本の山中でキリンに遭遇するとは誰も思わないだろう。全身が見えない段階で認識できるはずがない。

「そこで丘町さん達は手近な明かりを手にして逃げ出した。木がそれなりに密集して立っているのにキリンは木を倒したり葉を揺らしたりもせず、四人をすかさず追ってきた」

「亡霊ですからね。大抵の物はすり抜けて相手を追えます」

「キリンは四人が慌てふためいて必死に逃げるのが楽しいのか、ぎりぎり追いつかないくらいの速度で迫っていたらしいわ」

「人間に恨みのあるキリンです、あっさり殺すよりその方が気分が良かったのでしょう」

後で岩永があやかし達を使って情報の裏を取る必要があるだろうが、六花がこの段階で嘘をつく必然性があるとも考えられない。少なくとも六花が知っているはずのないキリンについて、その行動は整合している。

真実を話していると判断して岩永はそのまま続きを聞く。

「前を走っていた者が後ろのキリンに気を取られ、次々崖から飛び出して落ちたそう。丘町さんは最後尾を走っていたので前方の異変に気づいてぎりぎり崖の端で足を止められた。けれどキリンはすぐ目の前に現れ、恐怖で後退ったら足を踏み外し、崖から落ちた」

そうまとめると間が抜けた落ち方に聞こえるが、夜の山の崖の上でキリンに追い詰められれば、それが亡霊でないキリンでも恐怖だろう。前に踏み出せる意気を持てる方がどうかしている。

「私はその時には崖の真下にいて、落ちてくる彼の体を受け止めてどうにか命を助けられたの」

「どうにかって、普通は無理ですからね。良い子が真似したらどうするんです」

たまに飛び降り自殺を試みた者や転落した者にそんな対応をしようとする人がいるが、五歳児でも二十キログラム前後の体重はある。そんな固まりが上から降ってくるのを生身で無事受け止められるわけがない。五キログラムもない植木鉢でも、十メートル以上の高さから落ちてくれば誰もが身をかわそうとするはずだ。

六花が小さく肯く。

「正確には私の体が緩衝材になって丘町さんへの落下の衝撃が軽減され、重傷で済んだ、というだけね。私はその時、骨がいくつも砕けて内臓も無事ではなかったわね」

無事も何も、不死身の上に痛みを感じないのだから、平然としていたろうが。

「私のケガはじき修復されたけど、キリンは襲った人間の生死の確認をしたかったのかとどめを刺したかったのか、ご苦労にも下までやってきた。さすがに崖を駈《か》け降りまではしなかったけれど、遠回りしてまで下に来たわね。私は重傷の彼の体を横たえてそのキリンに相対したというわけ。青白く光るキリンの亡霊は私に少し怯《ひる》みはしたけど、その後ろの息のある人間をそのままにしたくなかったんでしょう、果敢に攻撃してきた」

岩永は少々あきれてしまった。九郎が戦うのが怖いと言っていたが、すでに六花は臆《おく》せずキリンと正面から対決していたらしい。どうかしている人だ。

六花の話によると、さすがに一回目の蹴りはかわせず頭を砕かれ絶命したが、生き返った後すぐキリンと間合いを詰めて前足の蹴りをかわすと懐《ふところ》に入って胴体を殴り、たじろいだところに飛び蹴りを食らわせたらしい。まともに食らったキリンは数歩よろけたという。

死んだ時、起こる可能性が高い未来を決定できる六花である。蹴りをかわす未来を決定し、反撃に転じるのはたやすいはずだ。

しかしすかさずキリンは首をまるでゴルフクラブをスイングするように回し、頭部を六花の体に横から叩きつけたらしい。六花にすればキリンの前に立っていたらその頭部がいきなり側面から飛んできた感覚になるだろうか。六花はそういう軌道の攻撃は経験がないため反応できず、十メートル近く飛ばされて地面を転がり、倒れたとか。

キリンの首はあれで可動範囲が広く、柔軟にしなって回転運動が行え、自身の足元周辺のものにも頭を打ちつけられるのだ。仲間のオスとネッキングで争う時も、そうやって相手の足を攻撃したりする。

ただ六花はすぐに復活してキリンに向かったらしい。さすがにキリンも躊躇《ちゅうちょ》を見せつつも丘町冬司にとどめを刺すのをあきらめ、樹林の方へ退いていったとのことだ。

岩永はキリンの亡霊が本当にかわいそうになった。

「キリンもさぞ怖かったでしょうね。ただでさえ六花さんは化け物から禍々《まがまが》しく見えるのに、蹴り殺したはずがすぐ復活し、さらに致命傷を与えてもまた甦《よみがえ》るのだから。多少優勢でも一旦《いったん》退こうと思いますよ」

通常の亡霊なら六花を見ただけで逃げ出しそうなものだが、よほど人間に恨みがあるのだろう。守るようにする六花がたまらなく目障《めざわ》りだったに違いない。あるいはサバンナ育ちで日本の化け物とは違う価値観のため、それほど六花がおぞましく感じなかったのかもしれない。

六花は振り向いて座席の間から岩永に非難の目を向けてきた。

「夜の山でキリンと戦うことになった私にも優しくしてくれないかしら?」

「自業自得でしょうが」

だいたいその夜の山中の開けた空間にはキリンだけでなく、三人の死体も転がっていただろう。複数の死体が倒れる中、長身の女性が青白く光るキリンと戦い、それを重傷者が見守っている。月光の下に現出したその光景は異様極まりない。異様の原因のひとつである六花に文句を述べる資格はない。

「それで六花さんは丘町さんを抱え、下山を決めたわけですか」

「私がキリンとやり合う前に彼も意識を取り戻していたし、肩を貸せば歩けなくもなかったから」

丘町冬司という青年も究極の選択を迫られたに違いない。

「よくそんな怪しい女の肩を借りて夜の山を下りる気になったものです」

「他に生き残る方法はないと割り切ったのでしょう。そのまま山にいたらまたキリンに襲われかねない」

九郎が丘町への同情を口にした。

「朝まで待って下りる心境にはとてもなれなかったでしょうね」

六花は肯き、窓に頭をもたせかける。

「そして山を下りる間に彼と話し合い、キリンについては隠し、彼はその間の記憶を失っているふりをするとしたわけね。お互いの事情は詮索《せんさく》せず、他の超常現象についても話さないという取り決めもして」

やがて車はホテルに到着し、地下の駐車場へと入っていく。駐車された車から岩永はステッキをついて出、同じく高い背丈《せたけ》をゆっくりと伸ばしながら地面に足をつけて出てきた六花に厳しく問うた。

「どうしてその丘町さんを助けたんです？」

六花は当然のごとく答える。

「目の前で死にかけている人を見捨てるほど非情にはなれなくてね」

「何の底意もなかったと？」

六花に丘町冬司を助ける利点はなかったはずだ。キリンと向き合っている時、丘町がすでに意識を取り戻していたなら不死身なのを目撃され、後々面倒な説明や関係性が生じる。放っておくのが最善の選択だったはずだ。

そもそも崖から転落してくる丘町を受け止める義理もない。手出しさえしなければ、憂いはひとつもなかったはずだ。

岩永はそれらの猜疑《さいぎ》を込めて六花を見上げた。六花は全く動じはしなかったが、不承不承そうに返してくる。

「鋼人七瀬の時、はからずも死者が出たでしょう。誰かを助けて帳尻《ちょうじり》を合わせようかと」

「それは見上げた心掛けです」

岩永はそう応じはしたが、頭から信用するわけにもいかない。もっと功利的な発想で助けたと踏んでおくべきだろう。

岩永の応じ方に小馬鹿《こばか》にした響きを感じたからか、六花はこう自省するごとく付け加えた。

「私はあなたと違って、情に流されやすくてね」

九郎から何か一言あるかとそちらをうかがったが、黙ってトランクから荷物を出しているだけだった。

岩永は矢次警察署からそう遠くなくて一番設備の整ったホテルのスイートルームを取っていた。これといって名の通った観光地もなく、ビジネス客もさして多くなさそうな地域ではあったが、公共交通を使って一時間くらい移動すれば新幹線の停車駅や有名な遊園地があり、それらを目的とする人の流れがあるせいか高層とはいかないまでもファミリー客や要人の宿泊にも利用できそうな大きなホテルがあったのである。

その最上階の部屋に入ってベレー帽を脱ぎ、ステッキを置いてソファに座り、ひと息ついた岩永は、六花にあの山にキリンの亡霊が出現する理由についてひと通り、包み隠さず話した。六花から情報が提供されたのだから、こちらからも出さないと嫌味を言われかねない。

「あのキリンにそんな事情があったとは、因果《いんが》なものね」

岩永と同じくソファに深く座り込む六花は、ようやくキリンの存在が腑《ふ》に落ちたと感慨深げに言い、次に事態への理解を示すように右のこめかみに指を当てた。

「けれど放っておけば落ち着いたであろうキリンを、あの四人と私が負の方向に刺激してしまったと？」

六花が何を裏で企んでいるか今は置くとして、明確な事実だけでも岩永が積極的に動かねばならない事態になっている。

「ええ、あのキリンは人を殺す愉悦を覚え、おのれの力に自信を持った可能性がありま す。どうあれ扱いづらい相手になっていますよ」

「話し合いには耳を貸さず、力ずくで押さえ込もうにも激しい抵抗が考えられるか」

九郎が部屋に常備されているミネラルウォーターのペットボトルを取り出してグラスに入れたものをテーブルに並べながら、見通しの暗さを嘆くように言う。

キリンが六花に対し何もできずやられていればまだしも、何度か殺せている。その姿に再び怯んでも、素直に頭を垂れてはくれないだろう。

「それに山での集団転落死は事故として片付きそうになく、警察が詳細を発表すれば異様な事件として注目を集めるかもしれません」

岩永はそれが一番懸念された。九郎も隣に座って肯く。

「無断で山に入っていたグループのうち三人が何かに追われたみたいな状況で転落死し、助かった者も記憶の一部を失っている。ネットとかで話題になるオカルトじみた事件に見えるな」

「キリンの亡霊の犯行だから、本当にオカルト事件だけど」

六花が正論を述べるが、今はそんな些事《さじ》はどうでもいい。

「亡霊だからそこにいた痕跡はなく、現場はいっそう不可解さを増しています。生き残りが記憶を失っているのも実話怪談のパターンのひとつです。今後その話に惹《ひ》かれ、無断で山に入ってキャンプをする連中が出てくればさらなる犠牲者が出かねませんし、キリンの報復衝動が膨《ふく》れあがって山から下りてくる危険性も本気で考えねばなりません」

岩永はそれが狙いかと感触を確かめる意味で六花に向いたが、特段の反応はない。そのまま厳しい声で続ける。

「騒ぎが大きくなる前に事件に対して現実的な解決を提示し、あの山から警察もメディアも興味を失うようにするか。その前にキリンを無力化するか」

「亡霊退治も辞さずというわけ？」

問うてきた六花に、岩永はその点だけは明確に否定する。

「現段階では退治する理由がありませんよ。今回の場合、キリンのいる所に勝手に入り込んだ人間の方に問題があるんです。なのにそう秩序を乱していない、憐《あわ》れなキリンの亡霊を問答無用で退治するとは道理に反します。他の化け物達からも不興を買いますよ」

キリンが山から出て自ら殺戮《さつりく》を行おうとすれば別だが、少なくとも夜の山は化け物達の領域であり、死者が出たからといって岩永が人の法でキリンの善悪を決めるのは全くもって理に合わない。岩永が守るのは世の秩序であり、人の秩序ではない。

九郎がため息をつく。

「キリンも望んでそうなったわけじゃないからな、これで退治したんじゃ、僕らの方が悪者だ」

「なら事件に現実的な解決を提示して騒ぎになるのを防ぐしかないわね」

六花が岩永の手並みを拝見とばかりに口角を動かした。

「ええ、それもあなたの狙い通りですか？」

岩永は六花の物言いが著しく癇《かん》に障ったが、その出方を見る上でも何かをしゃべる必要があるため、ひとつの解決を提示する。

「状況に対して一番現実的な解決は、薬物中毒による事故でしょうね。それなら四人の男性がなぜあの山に無断で入っていたのか説明がつき、助かったひとりが記憶を失ったふりをして真実を隠す理由にもなります」

かいつまんだ説明だったが、六花はすぐ理解できたのか、細部を詰めた内容を語った。

「薬物摂取による異常行動は類型的な反応ね。四人は人気《ひとけ》のない所で違法薬物を楽しもうと山に入り、摂取したところ、高揚《こうよう》して空を飛べるといった錯覚に陥《おちい》ったり、それこそ何かに襲われる幻覚を見たりして走り出し、揃って崖から飛び降りていった、というのは全てを都合良く説明する。あの山に幻覚作用のあるキノコが自生していて、それを取りに奥まで入っていた、ならもっと説明として整うわね。当然、そんな事情は警察に話しにくく記憶を失ったふりでもするしかない」

とうに六花はその説明を思いついていたらしい言《い》い種《ぐさ》だ。

九郎はこちらと六花を見比べた後、岩永に尋ねてきた。

「でも死体からそんな薬物や成分は検出されないだろう？」

「されませんね。けれど種類によっては体内で分解されやすいので検出されない、と言い張れるかもしれません。三人の人間が不審死を遂げているのに捜査が何ら進展しなければ、警察はメディアから責められかねない。なら解剖の結果何も出ずとも騒ぎの沈静化のため、この解決を落とし所として選ぶかもしれません」

被害者の名誉は損なわれるが、警察としては犯人をでっち上げる必要もなく、その分反論も少なく済んで魅力的な結論に映るかもしれない。

「警察の面子《メンツ》や責任問題になればすがりそうな解決だけれど、あの甲本という刑事はそんな穴だらけの説明で納得しそうになかったわね」

六花が指摘してきたが、岩永も同感である。

「最低でも関係者の家や所持品から薬物が出てこないと苦しいでしょう。最悪私が薬物を用意して、化け物達を使って関係者の家にこっそり隠させるとか、生き残った丘町さんとうまく取引してこの解決に沿った告白をしてもらう、という手を使えば別ですが」

「あなたのたちの悪さも変わってないわね」

「六花さんに言われたくありませんよ」

あくまで合理的で効果的な手法を岩永は取るだけだ。

「ともかく丘町という人をどう味方につけるかですね。生き残った彼がもっともらしい告白をすればそれが真実と警察も受け入れ、事件に幕を引いてくれます。裏を返せば、丘町さんに想定外の言動をされればより状況は複雑化して打てる手が限られます」

丘町はすでにキリンの亡霊に襲われ、不死身の六花も目の当たりにしているというのだから、日常から大きく離れた、まともな法の及ばないトラブルに巻き込まれたのは自覚しているだろう。それを恐れて岩永達に従順になるか、それを利用して過ぎた欲を出してくるか、そこも見極めねばならない。

また六花が岩永の手を予想してどんな策を用意しているかも。

「それで六花さん、四人が山にいた理由、他に何か聞いてはいないんですか?」

「そうね。大和田柊という女性がいて、皆その女性に心残りがあって、それを整理するために山に入った、というくらいしか聞いていないわね。その女性がなぜあの山に関係しているかとか気になりはしたけれど」

六花はそう答えた後、こう付け加える。

「ただ少なくとも丘町さんは、それ以上の意図を持って山に入っていたわね」

「ほう、その理由は?」

岩永は問い返してミネラルウォーターの入ったグラスを口に運んだ。四人の集まりには語られていない裏があるのは予想済みだ。では六花はどんなカードを伏せているのか。

そして六花はさも当然のごとくその理由を口にする。

「なぜなら彼は、キリンが現れる何時間も前に私を一度殺しているから」

岩永はミネラルウォーターが気管の方に流れて咳《せ》き込《こ》み、しばらく身を折ってむせてしまった。その可能性は考えていなかった。

六花は真面目な表情になり、九郎の方をうかがって続ける。

「動機は不明だけど、彼はキリンが現れなくとも仲間全員を殺すつもりでいたみたい。その計画の邪魔になるとみて、先に私を殺しておいたようね。それくらい大それた計画がなければ、偶然会っただけの私を殺そうとは思わないでしょう」

六花にも丘町の真意はつかめていないのか、思案する様子で顎《あご》に手を当てた。

「そこにキリンが現れ、彼の計画がどう狂ったか。またこれからどう修正しようとしているか、それ次第で状況はいっそう乱れそう。あなたも苦労しそうね?」

さらなる危うい情報を無造作に投下した六花に、岩永は絶句するしかなかった。隣の九郎も目を丸くしていた。


午後十時過ぎ、丘町冬司はひとりきりの暗い病室のベッドに横たわり、頭に包帯を巻かれ、右足を固定され、天井を見上げていた。麻酔が効いているおかげか痛みはない。

桜川六花に助けられて下山した冬司は、手配された救急車で病院に運ばれ、すぐに手当や検査を受け、入院となっていた。合間に警察から事情聴取を受けはしたが、医師の指導でごく簡単なものに留まっている。警察も多くを訊きたかったろうが、ひとまずは冬司の体を優先してくれたわけだ。

全身打撲で右足は完全に骨折し、肋骨《ろっこつ》は三本折れ、頭も強く打って深く裂け、その他無数の骨が折れたりひびが入っていると聞かされていた。幸い脳や内臓に大きな影響は見られず、命に別状はないとも判断されている。絶対安静で退院の時期は見通せないが、あの崖から落ちてこれくらいで済んだのは幸運だと言われたものだ。他の三人がほぼ即死しているらしいから、もっともな感想だ。

警察に話すわけにはいかないが、六花に助けられたおかげでこれくらいで済んだのであり、本当に幸運かどうかの評価はまだできない。

あの女性はいったい何なのか。

ベッドの上で動けない冬司は、痛む体に耐えつつ木々に囲まれた山道を六花に支えられて下りていた時のことを思い出す。

その時、冬司は非現実的な事象があまりに起こり過ぎ、時間感覚を完全に失っていた。それでも日が昇るにはまだかかるだろうとは感じていた。辺りは暗く、かすかな月明かりと彼の体を支えて一緒に足を進めている六花が手にする電灯の光しか視界を得られるものはない。

山道と言っても、人が通れそうな合間を下っているだけかもしれない。油断すれば木にぶつかり、足を滑らせ、むきだしの石につまずく。勾配《こうばい》もあって足元がぐらつく。一緒にいる六花が支えてくれていなければとうに倒れて転がっていただろう。

麓に向かっているはずだったが下りばかりではない。どんな山でもその中は起伏が多く、樹林が途切れて空が見えたかと思えばまたうっそうとした木の間に入って土手を上がる、というルートを取らざるをえなかったりもする。それゆえに遭難が起こるのだ。

冬司の右足が折れているのは確実に思え、落ちていた木ぎれと六花が持っていたタオルで固定していた。両腕も少し動かすだけで痛む。六花が肩を貸し、腰に手を回して支えてくれるから立って歩けているだけだった。

冬司と変わらないくらい身長はあるが体重は半分近いと言われてもおかしくないほど痩《や》せている六花が、よく男ひとり支えて呼吸も乱さず山を下れるな、と冷静に思えた。こうなるまでの経験からすると些細《ささい》な異常であるとも感じていたが。

「あなたを殺した俺を、どうして助けてくれるんです?」

冬司は尋ねてみた。頭や腕から流れる冬司の血が彼女の服や肌を汚してしまっていたが、六花はまるで頓着《とんちゃく》する様子がない。

じき興味のなさそうな返事があった。

「私はこうして生きているのだから、あなたは誰も殺していないでしょう？」

そこがわからない。

日の暮れる前だった。冬司達四人と六花はあの崖の下の手前で別れたのだが、崖の上の樹林の中に入ってキャンプを整える所を決めた後、冬司は用を足しがてら周りに何かないか見てくる、と仲間に告げて密《ひそ》かに下へと戻り、夕食の準備を始めていた六花にひとり近づいたのである。せっかくなので食料を分けに来たと言って油断させ、前もって拾っておいた石を手に後ろから撲りつけ、死んでいるのも確認し、死体と荷物がすぐには見つからないよう茂みに引き込んで、また自分達のキャンプ地へと戻ったのである。

「死んだのは確認したんだ。あのキリンみたいに亡霊じゃないんですか？」

「私は二本足で歩いているわね」

「あのキリンも足はありましたよ。霊に足がないなんていつの時代の流行です」

最近テレビやインターネットで見聞きする心霊実話などでは、最初は普通の人間と区別がつかないという例が多い気がする。とはいえ六花の体温は感じられたので亡霊とは思えなかった。

六花は小気味よく提案してきた。

「実は死にたいというなら、この辺りにでも放っておくけれど？」

「いえ、まだ死ぬわけには。まだやり残したことがあるんです。破滅するにもどう破滅するかは自分で選びたい。こんな形では死ねません」

身勝手な言い分ではあったが、冬司の本心だった。

六花はかすかに笑う。

「私は不死身の上に痛みを感じない体でね、一度殺されたくらいで恨んだりしないから。あなたが悪人であればそこらに捨てるつもりではあったけど、どうやらそうでもない事情がありそうでしょう」

「どうでしょうね。本来なら俺は皆を」

冬司が口にしかけた、殺すつもりだった、という言葉を六花は遮る。

「あなたが何を企んでいたかは訊かない。少なくともあなたはその手で誰も殺せなかった。人生をやり直すのに手遅れではない」

その通りであるが、殺意を持って準備していただけで犯罪のはずだ。善人などではない。一方で狙った皆殺しなどまるで実行できぬうちに重傷を負い、予定外に殺したはずの女性に助けられているのだから、悪人どころか完全に道化だ。

六花には怯《おび》えも恐れもなかった。あのキリンの首に撲り飛ばされても反撃しようとした女性だから、たとえ冬司が殺人鬼でも恐れないだろう。

そして六花はいっさい手傷を負っていない。キリンに蹴り殺され、冬司が殺した時にも頭蓋骨《ずがいこつ》が見えるほどの傷をつけたはずだが、全く残っていなかった。

「あなたは、人間ですか？」

とうとう冬司は訊いてしまった。人間だ、と答えられても即座に嘘だ、と頭の中で唱えるだろう。違うと答えられたところで、対処の手段があるわけでもない。彼の命はこの六花に預けざるをえないのだから、無意味な質問だった。けれど訊かないではいられなかった。

六花はしばし沈黙のまま歩いていたが、やがて渋々といった調子で返す。

「それに即答できるなら、どれほど良かったでしょうね」

人間性のありそうな返答に冬司はやはり訊くべきでなかったと悔《く》いた。六花の心の柔らかく脆《もろ》い所を突く質問だったのだろう。

六花はそんな冬司の心中など気にしないとばかり、体を支え直して当面の課題へと話を変えた。

「あなたを警察や病院に引き渡した後、どうしたものかしらね。私が姿をくらませるのもまずそうだけれど」

満身創痍《そうい》の冬司がひとりで山を脱出して警察なり救急なりに連絡した、というのは無理が出る。最低でももうひとり山にいたと推察できるだろう。六花も最低限の装備を身につけただけで下山しており、その他の荷物は山中に置きっぱなしになっている。それらからもうひとりいたのは明らかになるだろう。

「警察に関わりたくないんですか？」

「どう考えても私は怪しいでしょう。悪くするとあなたの仲間三人を殺した容疑をかけられ、拘束されかねない。いくら不死身でも、警察に捕まると困るのは普通の人と違いがないから」

女性ひとりで山を越え、どこかに移動しようとしていると聞いた時点では変わった人だな、くらいの印象だったが、その後の展開も加えるととてつもなく怪しい。素性からして警察に知られたくはなさそうだ。

冬司も山から無事下りられたとして、そこからまた違う試練の始まりになるはずだった。弱気になっている場合ではない。

「そうですね。まず警察や周りに何があったと説明したものか」

「キリンに襲われたなんて真実、信じてもらえないでしょうね」

六花はどこか愉《たの》しげだったが、冬司にそんな余裕は持てなかった。

「けど真実を隠すにも、どんな説明をすればいいんです？」

冬司自身、何が起こったかまるで理解できていないも同じだ。キリンについて話さずにどう三人の死を説明できるのか。それも冬司の都合の良いように。

すると六花はあっさりと解決法を挙げた。

「悩まずとも説明しなければいいだけ。ひとつ嘘をつけば、その嘘と辻褄《つじつま》が合うように他の事実まで嘘で加工する必要が出てくる。そして自分がどういう嘘をつき、どう事実を変えたかまで正確に記憶していなければ、後々矛盾した証言や説明をする可能性が生じる」

「ああ、いろいろ訊かれて繰り返し説明しているうちにうっかりもしそうですね」

嘘と事実の整合性に気遣《きづか》わねばならない上に、ついた嘘を全て憶えていなければ後で同じことを訊かれた際、違う説明になって矛盾が生じるおそれがある。事実と嘘、両方を記憶して混乱しないよう頭の中で管理し続けるのは大きな負担だ。尋問のたびに嘘の数が増えればなおさら。自滅しないでいられる自信はない。

「警察はそういう経験も豊富だから、嘘をつき続けるのは困難と覚悟しておくべき。だから説明できないなら、しないのが一番。あなたはキリンに襲われる直前から私に助け起こされるまで、記憶を失っているとすればいい。少なくとも警察が調査を進め、正確な状況がわかるまでは、どんな作り話もすべきではないわね」

六花の助言は的確だった。説明しなければこまかな嘘をつく必要もない。転落時に頭を強く打っているから、記憶の混乱や喪失の根拠にもなる。

冬司は勇気づけられた思いで肯いた。

「了解です」

「私もキリンはいっさい見ておらず、ただ大きな音がしたので崖の下に四人が倒れているのを見つけ、まだ息のあるあなただけを助けた、と証言する。これでキリンに触れずに済む。もちろん、何時間も前にあなたに殺されたことも話さない」

「それも信じてもらえないでしょうしね」

冬司はつい苦笑してしまった。殺された当人が、一度殺されて、と証言するなど信用性を落とすだけだろう。

「そしてそれ以外は全て真実を話す。キリンが現れる前までにあなた達について知ったことは全て正直に。あなたもそうしなさい。それならお互いの証言に矛盾は出ず、どの事実を隠し、どう辻褄を合わせるかに悩まず聴取を受けられる」

聴取の時に悩み、口ごもればそれだけで疑念を招く。六花と冬司の証言は後で照合されるに決まっているから、互いが違った内容を語るのはまずい。ならキリンが現れた後に知ったことは話さない、と決めておけばかなりやりやすくはなる。

「やむをえません。それしかないでしょう」

冬司としては同意するのにためらいもあったが、ここは譲るべきだろう。譲らないことで六花に余計な情報を与えてしまうかもしれないのだ。

六花はそういう冬司の計算を読んだように重ねる。

「だからあなたが何を企み、今も何を企んでいるかは訊かない。私が何も知らないとしてあなたは行動すればいい。あなたが今後どんな嘘をつこうと、私の不利にならなければそれを否定したりもしない」

月明かりがうまく差し、六花の整った横顔がよく見えた。

「あなたの企みが秩序に反しないなら、かなうこともあるでしょう」

法や倫理や道徳ではなく、秩序に反しなければ、というのは冬司を気遣った言葉だろうか。六花を殺すのをためらわなかった冬司はすでに一般的な法や倫理や道徳に反しているだろう。冬司個人の信念やルールに反していなくても。

返す言葉に迷う冬司に六花は屈託なさそうに続けた。

「代わりにあなたは今後私の不死身のことを話さなければいい。信じる者は少なくとも、私が行動しにくくなる場合もある」

冬司ばかりに後ろ暗さがあるわけではなく、自分にも弱味はあるとの意思表示だろう。

「わかりました。僕らは対等なんですね？」

「私はただ穏《おだ》やかに、普通の人間として暮らす道を探しているだけ。あなたにとって悪い話ではないでしょう？」

どこまで信用すべきかは慎重に測らねばならないが、現状では他に手がない。

「あなたを敵にするのがまずいのはわかりますよ」

彼女は味方でなくとも、敵に回らずにいてくれれば悪い話ではない。

六花としては望んだ答えを聞けたはずだが、不審そうに問い返された。

「これだけの怪異にいきなり巻き込まれたにしては落ち着くのが早いのね。もう少し現実逃避していても良さそうだけど」

もちろんキリンの亡霊には驚愕《きょうがく》し、六花という女性の存在も驚異ではあった。けれどそんな現実あるわけないと、頭から否定はできない経験をすでにしていたのだ。

「キリンにしても、こんな目に遭うのも、あらかじめ予期していたというか。俺達は祟られていたんです」

六花は初めて驚いた反応を見せ、少しだけ冬司は満足感を覚えた。

「その始末をつけるために、この山に入ったというか」

ついそこまで語ってしまったが、それ以上はお互いのためにならないと冬司は口をつぐんだ。目を見開いていた六花は初めて疲れたような息をつき、

「そう。因果なものね」

それだけ言って、深く尋ねてはこなかった。


冬司は追想を終え、病院のベッドの上で天井を見つめる。山を下りながら六花と話してまだ二十四時間も過ぎていない。仲間三人の死体が発見され、一連の出来事がどう扱われているか、まるでわからない。わからない間は記憶を失っているふりをしなければならない。

冬司は六花との取り決めを改めて頭の中で確認する。彼女に迷惑をかけさえしなければ、冬司がどう行動しようと邪魔はしないと言っていた。違法な手段を取ったとしても、彼女は黙認してくれそうだ。

ただ新たに被害者を出すのは不興を買うかもしれない。六花を殺した冬司を助け、やり直しを勧めるくらいには、人の命に重きを置いている様子だった。冬司としても無闇《むやみ》に人を殺したいわけでもない。避けられるなら避けたい。

いくつか不都合はあるが、まだ冬司の企みを成就させる方法はあるはずだった。

何としても三人の死を、自分の望んだ構図の中に落とし込まねば。

この状態でできるのは考えることくらいだ。ただやや集中しづらくもあった。不死身の女性にキリンの亡霊と連続で怪異なものと邂逅《かいこう》したためか、霊感というやつが覚醒《かくせい》したらしい。病室の中を明らかに生きた人でないものが横切ったり、床の上を妖怪じみたものが這《は》っていくのが暗い中でも時折視界に入るようになった。霊感がなくともあのキリンははっきり見えたろうが、こんな人里で怪奇な存在を見るのは初めてだった。

最初は狼狽《ろうばい》したが、それらは冬司に興味はなさそうで、ちょっかいもかけてこない。とはいえ意識はしてしまう。

冬司は眠れぬ目を閉じ、何とか集中しようとした。

第三章　岩永琴子《いわながことこ》の逆襲と敗北（中編）

何もせずとも事態は動く。岩永としては必要な情報を早くつかみ、効果的な手を打って混乱が広がるのを防ぎたいのだが、どうにも手間取っていた。

岩永達が六花《りっか》と再会した翌日の新聞や午前中のテレビ等のニュースで、キリンの亡霊がいる山での事件は大きく扱われていた。事故や遭難ではなく『男性三人、山で変死』との表現が見られ、事件性を強くうかがわせるものだった。死者の名前は公表されていたが、生存者である丘町冬司《おかまちとうじ》と六花の名前は未公表となっていた。

事件性ありとまだ断定できず、その二人にメディアの取材を集中させない配慮もあるだろうし、本人の同意もなく名前を出すわけにもいかないだろう。すでに名前くらい入手している報道機関はあるかもしれない。

丘町の方は重傷で入院していて警察もまだ見張りをつけているはずだから取材は難しいだろう。一方六花は名前がわかっても住所不定で足取りも読めず、県内のホテルのスイートルームでくつろいでいるとはまるで想像できまい。

結局六花は昨晩、丘町がどんな計画を抱《かか》えているかこれ以上は知らないと主張し、

「後は琴子さんの領分でしょう。健闘を祈るわ」

とさっさとベッドルームに入って眠ってしまった。

翌朝には清々《すがすが》しそうに起き出し、着替えが足らないとか甘いものが食べたい、と九郎《くろう》を伴って外に出掛ける始末である。当然岩永も二人に同行せざるをえず、さらに九郎は岩永でなく終始六花の横について行動するため、苛立《いらだ》つことこの上なかった。警察の尾行もついていたが、岩永は無視しておいた。

キリンの亡霊は複数の妖怪《ようかい》を山に送って偵察させているが、昨夜姿を現したもののそれほど動き回らず、日が昇る前に消えたという。

そして夕刻、ホテルの部屋に矢次《やつぎ》署で会った二人の刑事が、改めて六花に話を訊《き》きたいと訪れた。

甲本《こうもと》は関係性のわからない三人が豪華な部屋に慣れた様子でいるのが気に入らないと遠慮なく表明してソファに座り、野江《のえ》はそれをたしなめてから隣につき、六花は二人の正面に、岩永と九郎は両者を左右に見る位置について聴取が始められた。

本格的な六花への尋問なら岩永達の同席は認められなかったろうが、それほど堅苦しいものではなく、あくまで事件について参考までに話を訊きに来た、という体裁を甲本達は取っていた。

「桜川《さくらがわ》さんにはご不便をおかけしました。すでに午後のニュースでご覧になったかもしれませんが、死亡者のひとりの荷物から、遺書とも殺人の告白書とも取れる手記が発見されました。死者は下原由也《しもはらよしや》、長塚彰《ながつかあきら》、荒本忠広《あらもとただひろ》の三名ですが、手記が出てきたのはこの長塚彰のリュックサックからです」

野江が問題の長塚彰の写真と思われるものをテーブルに置き、六花に人物確認をさせるとそう切り出した。

「リュックサックの中にタオルでくるまれたガラス製の小瓶《こびん》があり、そこにA5サイズの紙が折りたたまれて詰められ、蓋《ふた》もしっかり閉められていました」

今回の事件への関係をほのめかす手記が発見され警察が捜査を進めている、とニュースに流れていたが、詳細まで語ってくれる。それらもじき公表される事実なのだろう。

「これが手記のコピーですが、目を通していただけますか。長い文章ではありません」

野江は持参していた鞄《かばん》から折り目のないB5大のコピー用紙を差し出す。六花はそれを受け取ってしばらく見つめると、刑事達の許可も得ず岩永へ回した。野江が注意したそうにしたが、甲本が動かなかったせいか強いて止めようとはしない。

その文面はワープロソフトで書かれており、こんな内容だった。

『この文章が誰かに読まれているなら、私こと長塚彰は三人の仲間、下原由也、荒本忠広、丘町冬司を殺害し、自殺していることだろう。

三人は我が恋人、大和田《おおわだ》柊《ひいらぎ》を死なせた罪によって殺された。また私も彼女の死を防げなかったゆえに、その責任を取らねばならない。

思えば我々へのキリンの祟《たた》りが本当だっただけなのかもしれない。ならば祟りから逃れられないにしても、どう破滅するかを自分で選ぶくらいはできるだろう。

祟りのせいだとしても私は三人を許せず、また私自身も許せないのだ。

我々の死体が発見された時にはすでに白骨化し、死因すらはっきりしないかもしれない。しかし私、長塚彰が柊のために皆を殺したのは事実である』

最後に署名があり、これはボールペンか何かによる自筆と思われた。

九郎が岩永の渡したコピー用紙を丁重に野江に戻す。岩永はその内容に思い切り頭を抱えたくなっていたが、さすがに自制してしかめっ面をするだけに留《とど》めた。

野江が受け取ったコピー用紙を手にまとめる。

「この手記から、事件は長塚彰が三人を崖《がけ》から落とした後、全員死んだと判断して自分もそこから飛び降りたものと思われます。ただ運良く丘町さんは重傷で済み、近くにいた桜川さんに助けられて一命を取り留めたのでしょう」

六花がいかにもわけがわからず戸惑っていますよ、と主張せんばかりに片手を頰《ほお》に当てた。

「それはいいですが、キリンの祟りとは何です？」

「山で四人とお話しになった時、話題に出ませんでしたか？」

「ええ、長塚さんが柊という人と恋人付き合いをしていたという話が出たのは憶《おぼ》えています。ただ付き合いは周りに隠していてあの山で初めて明かしたらしく、他の三人の方は驚いていましたが」

「他には？」

「その柊という人を他の三名も想《おも》っていたようで、『皆に悪いから言い出せなかったが、今日ならいいだろう。もしかしたら勘のいい丘町は気づいてたんじゃないか』といったことを長塚さんは言っていましたね」

「長塚さんの様子に不審は？」

「これといって。柊という方の追悼のために揃《そろ》って山に登ってきたと聞いただけですが、込み入った事情があるだろうとは察せられました。ただ殺人に発展するほどのものとは気づきませんでした」

六花は記憶をたどるような間を自然に取りつつ、淡々と答える。

嘘《うそ》をついてはいないだろう。警察も丘町から事情を訊き、照合するはずだ。矛盾が出れば六花も丘町も立場が悪くなる。下山の道程でいくら時間があったとはいえ、重傷で意識も失いかねない丘町と何を隠し、何を話し、どこで嘘をつくか、こまかく打ち合わせられたとは考えられない。それらを記憶しておくのも生やさしくはない。キリンと六花の特異性は隠し、それ以外については全て正直に話す、くらいが限界だと岩永は読んでいる。

甲本が仏頂面で六花に質《ただ》した。

「初対面のあなたに皆、ずいぶん個人的な話をしたものだな?」

「何となく柊という人が私に似ていたそうです。その人の追悼に山に来て、似た私に出会ったのも縁だろうと、下原さんや荒本さんは最初から気安いところがありましたね。私が先に自己紹介すると、あちらも名乗ってくれました」

さらりと答えられたのに甲本は気に食わなそうにした。

「丘町冬司もだから個人的な話をする空気になったと証言しているな。幸が薄そうで綺麗《きれい》なところは大和田柊に似ていなくもないと」

これに岩永は手を挙げて抗議する。

「警察でカツ丼《どん》を我が物顔で食べられる人が幸薄いとかありませんって」

「丘町冬司は桜川さんから、従弟の恋人がとんでもなくひどくて、という愚痴《ぐち》をさんざん聞かされたと言っていたぞ」

「六花さん、初対面の相手に何を話していますか」

甲本のもたらした情報に岩永がステッキを振って抗議すると、六花は極めて冷静に答えた。

「単なる事実を」

「事実だろうな」

甲本がなぜか同意してくる。ステッキで撲《なぐ》りかかろうとしたら九郎に止められ、野江が若干強張《こわば》った表情をしたが、六花は我関せずと話を進めた。

「このキリンの祟りについて何かわかっていますか?」

「まだ詳しくは話せない。桜川さんが何か聞いてないかと思ったんだがな。丘町さんからひと通りの事情は聞けているが、何でもあの山にはキリンを祀《まつ》った社があって、柊という女性は生前、そこに参ろうとしていたと」

岩永は小さく息を飲む。隣の九郎もわずかに身じろぎし、六花もかすかに目を見開く。甲本はその反応を見逃さなかったろうが、なぜそんな反応をしたかまでは見破れないだろう。三人の顔をうかがう素振りをした後、先を続ける。

「それがかなわず亡くなったので、四人は今になって代わりに参ろうとしたそうだ。キリンの祟りを鎮めるためとかどうとか。ただそんな社があったと市や県の記録にはなく、警察では確証を得ていない。あの山は私有地だが、相続がややこしくなって所有者がはっきりせず、管理もまるでされてない。価値も微妙でな。柊という女性はいくつか手掛かりを得て、あの山のどの辺りに社があるかくらいまでは絞り込み、資料を残していたと」

野江が甲本に合わせる。

「テントのそばから回収された携帯電話の中にその資料と思われるデータが入っていました。どうやら四人がテントの外で携帯電話を手にそれを見ながら話している時、何かあったと思われます」

岩永はにこりと笑って部外者を気取ってみた。

「山の中にキリンの社なんて、どんな冗談でしょうね」

「まったくだ。だが作り話にしては突拍子もない。柊という女性の曾祖父《そうそふ》が、そのキリンを日本の動物園に連れてきたとかどうとか。手記の内容が本当にしても、今回の事件の動機はどうもまっとうではないらしい。皆キリンの祟りに怯《おび》えてたみたいでな」

甲本は頭からそれらの要素を馬鹿馬鹿《ばかばか》しいと排除はしないが、警察の経験則に合わない事件になりかねないのを危ぶんでいるようでもある。

因果《いんが》は巡ると言うが、岩永はそれらの事実に驚くよりかえって厳粛な気持ちになった。

四人は偶然キリンのいる山に入ったと言うより、キリンに呼ばれたようでもあった。

「瓶の中の手記、本文はパソコンか何かで作成したみたいですが、長塚さん本人が書いたものと断定していいんですか?」

六花がわざわざその信頼性を指摘する。甲本は鼻を鳴らした。

「署名は自筆らしいから筆跡鑑定はするが、それくらいの偽造は簡単だな。だが今時の若者がまとまった文章を自筆で書くか？　本人からすれば偽造を疑われるなんて頭に浮かびもしないだろう。ならパソコンで打って署名だけ自筆というのは自然だ。全文自筆の方がわざとらしくて逆に疑いたくもなる」

手記が自筆でないからと偽造と決めつけるのは現在では成り立たないと言いたげだ。

九郎が身につまされた風に同意する。

「よほど字に自信がないと、人に読まれる文章で手書きは避けたいとも感じますね。途中で書き損じもしそうですし」

「瓶と紙からも長塚彰の指紋が多数検出されています。これも彼の触った瓶と紙を流用して別人が偽造した可能性はありますが」

野江がそう補足はする。警察としてはせっかくこの手記で不可解な事件が急速に解決されようというのに、素人の下手な憶測に振り回されたくない気持ちもあるだろう。

岩永は至極真面目《まじめ》に言ってみた。

「瓶詰めの手記で殺人を告白するなんて、古い海外の推理小説でも真似《まね》たんですかね？」

甲本がつまらなそうに岩永を見遣《みや》る。

「その小説に比べれば死者数はずっと少ないな。生き残りまで出てしまって、もっと似ていなくなっている。結果論だから、参考にしたのは否定できないが」

その小説の映像化作品等ではそして誰もいなくなるまではいかず、生き残りが出たりもしているが、瓶詰めの手記は出てこない。設定の似た日本の作品で瓶詰めの手記が出てきて生き残りもいるパターンはあるので、計画の参考にしたのがそちらと考えられなくもない。

このやさぐれた雰囲気の刑事が瓶の関連に気づいていたのは意外な気もしたが、ひょっとすると岩永と同じ引っ掛かりを覚えているのかもしれない。

警察での扱いにいくらか不服があったのか、六花は誇らしげに確認する。

「これで私への疑いは完全に晴れ、自由に行動していいと？」

警察に誇れるほど潔白な人生ではないだろうと岩永はステッキで痛打してやりたかったが、かわされそうなのでやめておく。

「解剖の結果、被害者から薬物等は検出されず、所持品に不審なものもなく、死因も転落によるもので間違いありません。誰かと争ったり荷物を荒らされたりといった痕跡《こんせき》も発見できませんでした。死亡推定時刻は午前〇時から午前三時前後と桜川さんの証言とも合っています。桜川さんは長塚彰の殺人計画に偶然巻き込まれただけでしょう」

野江が言い、甲本もお手上げといった動作をした。

「山への無許可立ち入りは問題だが、管理者のはっきりしない場所だ、警察でこれ以上追及もできない。厳重注意がせいぜいだ。所持していた大金も犯罪性があると証明できない。他の犯罪に関わってるかもしれないが、担当外だ」

六花が満足そうに足を組むが、甲本は腹に響く低い声で釘《くぎ》を刺してきた。

「ただ所在地だけははっきりしておいてくれ。事件が解決したわけじゃない。殺人を認める手記はあるが、長塚彰がどうやって三人を崖から落としたか、方法がわからない」

それはわかるわけがない。長塚彰が殺人犯でない上に、キリンの亡霊がやったのだから。

「長塚本人は三人を落とした後に崖から飛び降りれば済むが、体格の変わらない三人の仲間を夜中、崖から逃がさず落としていくなんてどうやったかまるで見当がつかない」

甲本は六花から目を逸《そ》らさず言う。まだ何か隠していると直感しているのだろう。直感は間違ってはいないが、真実にたどり着ける確率は低く、たどり着いてもそれこそ警察の担当外の内容だ。

岩永は適当に煙《けむ》に巻《ま》いておこうと思いつきを述べる。

「薬物で意識を奪ってから崖に運んで投げ落とした、という線も消えていますね。でも真相は案外、単純かもしれませんよ。凶器を持って襲ってきた長塚さんから慌てて逃げた三人は、後ろから追われるのにばかり気を取られてうっかり崖から飛び出して次々落ちていったとか」

「できの悪いコメディ映画か。自白手記まで用意して皆殺しにしようというのに、全員に揃って逃げられるなんてずさんな殺害方法を取るものか」

甲本が岩永の仮説を乱暴に一蹴《いっしゅう》し、野江が苦笑しつつもう少し丁寧に否定する。

「それに皆、逃げるより抵抗するでしょう。仮に凶器を突きつけられて崖から飛び降りるよう迫られてもおとなしく従うとも思えません。キャンプ用品としてナイフがそれぞれの荷物に入ったままになっていましたから、凶器は存在しましたが。けれど死体に刃物によると思われる傷はありませんでした」

岩永はもっともらしく反論を受け入れてみせた。

「ナイフがあるならそれでひとりひとり隙《すき》を見て刺し殺した方が確実で手早く、他の人にも気づかれにくいでしょうね。その機会はいくらでも作れたでしょう。崖まで凶器を突きつけて連れていって落とすなんてリスクが高い上に、そんな時間をかけていたら他の人にばれそうですし」

「三人一緒に崖に連れていっても同じだな。三対一なら、いくら凶器を持っていても反対にやられる可能性が高くなる」

甲本が岩永を胡乱《うろん》そうに眺《なが》めながら、仮説を完全に棄却した。野江はこれ以上、事件関係者から口出しされるのを厭《いと》ってか、話を切り上げる。

「殺害方法については丘町さんの記憶が戻れば解決する問題でもありますので、捜査本部では楽観論もあります。今はキリンの社や大和田柊という女性の裏付け捜査に人員が割《さ》かれていますよ」

警察としては事件をややこしくしたくはないだろう。そして二人の刑事は、

「桜川さん、何か思い出したらご連絡ください」

と言い残してスイートルームから退出していった。

刑事達が去った後、九郎が得られた情報から推測してか、こう述べた。

「これで丘町冬司の当初の計画がわかったことになるのか」

岩永は自分が返答を望まれていると察しはしたが、少し考えをまとめたかったので口を開《あ》けずにいると、六花がソファに座る姿勢を楽にしながら応じた。

「丘町さんは自分が殺した私に頼ってでも生還しようとした。なら当初の計画でも自分は生き残るつもりだったでしょう。計画では長塚彰は仲間を皆殺しにしようとし、二人までは手もなく殺せたけれど、丘町さんはその凶行から何とか逃れ、むしろ長塚彰を返り討ちにして麓《ふもと》に下りてひとり助かったと思わせる、というものでしょうね。またその計画を邪魔されないよう前もって私を殺しておくことにした」

九郎が六花に向いて先を続ける。

「もしくは逃げた丘町冬司を追ってきた長塚彰が山道で足を滑《すべ》らせ、斜面を転落して死亡

した、という状況を偽装した方が自然に見えるかもしれません。そういった工作をしているところを六花さんに気づかれるかもと考えたんでしょう。どちらであれ偽造した殺人計画の手記が出てくれれば、長塚彰に罪をかぶせるのに成功しそうです」

その説明は岩永にも筋が通って聞こえはする。六花も異論のない様子だ。

「ところが実際にはキリンの亡霊に襲われ、全員崖から転落することになった。なのにはからずも丘町さんの計画通り三人が死に、当人は殺したはずの私に助けられて生還となった。偽造した手記も警察に発見されて長塚彰が犯人とされる流れになっている。何ひとつ計画通りできなかったのに、結果だけはほぼ計画通りね」

「後は長塚彰がどうやって皆を崖から揃って転落させたかの説明がつけば、キリンの亡霊という大きなイレギュラーに乱入されながら、丘町冬司は計画を当初の目的通りに成功させられることになります」

ややこしい話だ。長塚彰は犯人でもなく誰も転落させておらず、真犯人とされる丘町冬司さえも誰も転落させていない。それでも丘町の計画を成立させるには長塚彰が皆を転落させた方法を存在させなければならない。

九郎が眉間《みけん》に皺《しわ》を寄せて腕を組んだ。

「その説明がこの事件の一番のネックだな。岩永が転落死の方法をでっち上げて丘町冬司に伝え、彼が記憶が戻ったとして警察にそれを話せば事件はすぐに解決されはする。だがこの場合、岩永は丘町冬司の共犯になりかねない」

そして天井に目を遣《や》りながら悩み始めた。

「でも罪としては妙な形になるな。丘町冬司は三人を殺す計画をしていた時点で殺人予備罪、けれど殺人自体は亡霊がやったのでその罪はなく、殺人の責任を長塚彰にかぶせようという計画は発動しているためまるで罪がないとも言えない。それに手を貸したとして事後従犯となるか？　真相を隠すのに協力するのは捜査妨害、証拠隠滅か？」

倫理的にも丘町が殺人の罪を免《まぬが》れないとなるかもしれないが、岩永としては秩序が守れるならどうでもいい。丘町にどれだけの悪意や善意があったかも。

六花が残念そうに岩永に問う。

「偽造された手記が出てきたおかげで事件に偽の解決をつけて片付けるのは簡単になったけれど、あなたも罪をかぶりそうね？」

岩永は右の義眼をまぶたの上から押さえ、その六花に返した。

「どうでしょうね。まず丘町さんの計画が九郎先輩達の言う通りとするなら、なぜ六花さんを殺したのでしょう？」

六花はわずかに沈黙を取った後に首を傾《かし》げ、九郎は虚を衝《つ》かれた表情で言う。

「だから三人を殺すのに邪魔になると判断したからだろう？」

「どう邪魔になります？　六花さんとは暗くなる前に別れ、十分な距離を取っています。

キリンの亡霊に襲われた時にはすでに長塚さんの荷物に偽造された告白書が潜まされていたはず。なら丘町さんは殺人をその夜には行うつもりだったとなるでしょう。長塚さんが荷物の中から憶えのない小瓶を見つけて中の手記を見れば計画は破綻《はたん》しますから、すぐ殺人を実行に移す段取りでなければいけません」

九郎、六花ともに反論はない。九郎は適切な説明がないか思案する様子であり、六花は若干瞳《ひとみ》を鋭利にしていた。

「夜間、崖の上と下で十分に距離を取っているにもかかわらず、邪魔される危険性をそれほど重視しますか？」

岩永の再度の指摘にようやく九郎がありそうな可能性を挙げる。

「やはり大事をとって、万が一でも殺人や偽装工作を目撃される危険性を無視できなかったんじゃ？」

「夜中、それも見通しの悪い樹林の中で殺人を行う予定であってもですか？　それなら仲間に六花さんを殺すのを目撃されたり、六花さんを殺し損ねたり反撃を受けて傷を負う危険性をどう見積もったんでしょう？」

リスクなんてものは主観的な判断も入るため、理屈によらずその場の気分で大きい小さいと決めて行動したというのはありえる。けれどだ。

「本命三人の殺害前にたまたま山中で会った女性を殺すなんて、相当の思い切りが必要な行為です。予定外の行動は計画を狂わせかねず、それだけで全てを台無しにしかねません。それほど六花さんの存在を危険視するなら、計画を延期するという判断もあったはず。なのに丘町さんは強行を選んだ。そこまでしてなぜ六花さんを消さねばならなかったのでしょう？」

何か言おうと身を起こした六花の機先を制して岩永は指を一本立てた。

「それにもうひとつ、殺人を告白する手記はなぜ瓶に入っていたのでしょう？」

六花が、どこに引っ掛かっているのか理解し難そうにした。九郎も同様だったが、すぐ一定の解釈を挙げてくる。

「瓶に入れてあれば手記が破れたりしにくく、放置した荷物が動物にあさられたとしても無傷で警察の手に渡ると考えたからじゃ？」

「誰がそう考えたんです？」

「長塚彰がそう考えて瓶に入れたと思わせようと丘町冬司が考えた？」

ややこしい表現だが仕方ない。本当に起こったこと、長塚彰が計画したと思わせようとしたこと、丘町冬司が計画しただろうことが混在しているため複雑になる。

九郎の説明で筋が通らなくもないが、岩永は現場に合わない気がしていた。

「丘町さんにとっては手記に付けた長塚さんの指紋を消さず、検出されやすくするのにも瓶詰めは適切です。けれど瓶詰めの手記は大抵、海や川といった水中に流すために用意されるものじゃあないですか。さっき話にも出た古い海外の推理小説でもそうです」

蓋をした瓶は水に浮かび、遠くに流れ、誰かに拾われる。それを期待して流される。拾う者がいなければそれも運命で、拾われたメッセージが誰かに届くなら、それもまた運命といった行為だ。だから推理小説などで罪の告白にも使われる。

「あの山中にも沢や渓流があるでしょう。殺人後そこに瓶詰めの手記を流し、下流で偶然誰かが拾うのを期待していた、というなら腑《ふ》に落ちるんですが」

殺人を告白する手記ならそれが似合いだ。誰かに拾われ、告発されるなら、それが天の定めた裁きだという犯人の意志の表れである。人に裁かれるのは納得いかないが、天がそう判断するなら喜んで受け入れようと。岩永も実際、そういう殺人者に出会っていた。

九郎があきれた調子で言う。

「それだと手記が発見されるかどうかは運任せだ。手記がなければ長塚彰を犯人と思わせるのは難しくなる。また丘町冬司も沢に流す予定だったら瓶を長塚彰の荷物に入れないだろう」

「ええ、だからどこか間違っているんです。私の推理か、想定される丘町さんの計画が」

岩永は六花に評価を求める意味で視線を投げたが、彼女は両手を開いてみせた。

「私が間違った選択にあなたを導いていると言いたげね？」

「私が間違えばあなたはいっそう有利になるのでは？」

期待はしていなかったが、読み取れる情報は少ない。岩永にとって六花は遠くにいても近くにいても手を焼かされる存在だった。

「共犯になるとか気にしませんが、むしろ瓶詰めの手記がない方がもっと楽に皆の転落死を説明できたんです」

「それはどんな？」

六花が興味を示したのでまず要点だけ述べる。

「これも古い推理小説からです。四人は夜中、オランウータンに襲われたのですよ」

六花が頭痛を覚えたみたいに額へ指を当てた。

「日本の山中にオランウータンはいないから」

「キリンよりはいそうじゃあないですか」

「オランウータンは森の人という意味だからな。いても違和感はないか」

「九郎、琴子さんに毒されないで」

反対でもない意見を表明した九郎を六花が深刻な剣幕で説諭しているが、岩永はそう悪い仮説ではないと自負している。パリの街でオランウータンが暴《あば》れられるなら、日本の山の中に現れたっていいはずだ。とはいえ微調整は必要か。

「さすがにオランウータンはやり過ぎですが、狒々《ひひ》か大猿くらいならいいでしょう。それに四人は襲われ、逃げ惑ううちに崖から転落した。事実に概《おおむ》ね即し、動物に罪を押しつければ傷つく人もいません。丘町さんもこれなら合わせた証言をしやすいでしょう」

「狒々も日本の山にはいないから。その昔、岩見重太郎《いわみじゅうたろう》に退治されてね」

「なら大猿の方で。そんなのに夜中出くわせばパニックに陥《おちい》って全力で逃げ出しますよ」

「四人がキャンプしていた場所から崖まで、大型の獣が皆を追いかけた痕跡はなかったと言ってなかった？」

「地面や人の背の高さくらいにはなかったでしょうね。けれど大猿ですよ、木の上部の幹や枝を伝い渡って四人を追いかけられます。頭上から大猿が近づいてくるなんて、必死に逃げたくもなるでしょう。そこまでは警察もまだ調べておらず、痕跡が発見できていないわけです」

地面に足跡や痕跡がないなら、別の場所にあればいいのである。

六花が痛々しいものを見る目をした。

「そんな未確認生物を前提とした仮説を信じてくれると思う？」

「だから山を調べている捜査員にその大猿を目撃させます。化け狸《だぬき》に大猿に変化《へんげ》してもらって捜査員のいる所に現れさせ、映像や写真に捉《とら》えられればすぐ山奥に逃げさせます。これで存在は動かぬものとなるでしょう。そこで木の上に大猿が移動した痕跡が発見されれば仮説は信憑性《しんぴょうせい》を増すわけです」

「その痕跡とかはこれから捏造《ねつぞう》するのね？」

「そんな大猿、あの山にいませんからね」

六花は深いため息をついた。

「別の意味であの山は注目を浴びるわね。大猿を見つけようと山に立ち入ってキリンに蹴《け》り殺される被害者が出かねないでしょう」

「そこが玉に瑕《きず》です」

「瑕だらけだから」

山にキリンだと異常過ぎるから大猿で誤魔化そうというのは六花の言う通り強引で難も多いが、悪くない着地点ではある。

岩永はステッキを手に取ってくるくると宙に円を描いた。

「キリンについて噂《うわさ》が広がらなければいいんです。大猿を探しに山に入って変死者が出ても大猿のせいとされ、キリンについての噂は立ちません。あの瓶詰めの手記にはキリンの祟りという言葉が出ているため、その文面が外に流れれば、事件はいっそう怪異な印象をまとい、偏った注目を浴びます。このままでは、キリンの亡霊が四人を襲ったという芯《しん》を捉えた思いつきをネットに書き込む者が現れるかもしれません」

昨日の昼過ぎに話していたおそれが現実により近づき、滅多《めった》には揃わない条件が揃い出す。岩永がそれを看過するわけにはいかない。

「その噂が増幅し、山中に実在するキリンの亡霊に力を与え、かつての鋼人七瀬《こうじんななせ》の時のような混乱を招く危険性があります。鋼人七瀬は嘘から生まれましたが、キリンの亡霊は最初から真実で、すでに脅威となっています。そこに外部からの影響があれば、鋼人七瀬より素早く、大きな力を得かねません」

岩永はステッキの先で六花を指す。

「特にあなたが未来決定能力を使って後押しすれば、あのキリンの亡霊を山から下りさせ、市中で暴れさせたりもできるでしょう」

「なぜ私がそんな混乱を望むと？」

六花はさも不当な嫌疑だと言わんばかりだが、鋼人七瀬の時に似たことをやったではないか。

岩永は薄く笑ってみせる。

「私が困るからですよ。前回あなたが想像力の怪物を造るのを妨害し、その後も対立姿勢を崩していない私は邪魔でしかない。けれど私を殺せず、出し抜き続けるのも容易ではない。私も閉口はさせられていますが、ひとりで行動せざるをえないあなたの方が行き詰まるのは早いでしょう。ならあなたはこの先行動の自由を得るため、私から譲歩を引き出す交渉を企《たくら》むのではないか」

確信とまではいかないが、一連の六花の行動や反応から岩永はそう分析していた。

「それによって自分の一定の策動を容認させる、もしくは私を自分に積極的に協力させよ

う と考えているのではありませんか？」

六花は無言で足を組んで座っている。九郎は六花をなぜか気遣《きづか》わしげに見ている。可愛《かわい》い恋人が追及している敵の方を慮《おもんぱか》るのは筋が違うだろう、と岩永は唇《くちびる》を尖《とが》らせかけたが、六花に対して緩《ゆる》めず続けた。

「今回の事件、あなたが最初から狙《ねら》って起こしたとは思いません。せいぜいあの山で何かありそうな未来が決定できるからそちらに行った、くらいでしょう。それがうまくつながった。これでようやく直接交渉に持ち込み、譲歩を引き出せる機会が来たと判断してあなたは私の前に姿を現した」

身を隠してひとり行動せざるをえない六花にとって、現状それが最善手のはずだ。

岩永はステッキを下ろし、胸を張った。

「あなたに勝手に動かれるのは困りますから、交渉自体はやぶさかではありません。けれどもくだんと人魚の能力を合わせ持ち、秩序に干渉できるなんて存在自体が秩序に反したところもあるんです。そんなあなたに有利な舞台でこちらが譲歩を強いられる取引には応じられませんよ。ありえません」

何も岩永は六花を絶対悪とはしていない。六花が望んで反則まがいの能力を得たわけではなく、秩序を軽んじた者達の被害を受けただけだと理解している。九郎もそうだ。だから配慮も許容範囲もある。そしてそれを越えた物事もある。

岩永はきっぱりと六花の狙いは行き止まりにしかたどり着かないと宣告した。

「本当は山で何が起こり、何が計画されていたのか。今も丘町さんは何を計画しているのか。それを正しく見抜かねば、私の掲げた偽の解決によってより悪い事態を招くかもしれません。そんな六花さんの思惑にはまりはしませんよ」

六花はまだどこか岩永に付け入る隙はないかと精査するごとき冷ややかな目と佇《たたず》まいでこちらを見ていたが、やがて気味悪いくらい余裕のある笑みを返してきた。

「私の望みをかなえるなら、あなたから譲歩を引き出すしかないのは確か。それを狙ってはいる。とはいえ私は今回の事件について嘘をついたりはしていない。私の関わりが明らかな刑事事件でそんなのがばれれば、警察まで敵にする。だから私はキリンについて警察に隠しても嘘はつけない」

どこまで本音で唇を動かしているか、岩永でも明断できない。だとしても六花に取れる策は多くないはずだ。

すると六花は話を九郎に振った。

「それと九郎、こんな非情で狡猾《こうかつ》な娘といつまでも付き合っていると、そのうち不幸になるわよ？」

「すでに不幸になってる気もしますが」

諦観《ていかん》も露《あら》わに九郎がそう返す。

「九郎先輩、さすがにここは私の味方をしましょう」

何という恋人だ。六花の悪辣《あくらつ》な策略をつまびらかにした直後に、岩永の方がより悪質みたいな態度を取るとは。

岩永が頭に振り下ろしたステッキを九郎はあっさり手でつかんで防ぎ、ふざけるのはこれくらいにしろとばかり厳しい調子で本題に戻した。

「それより岩永、この先どうする？　大和田柊という女性やキリンとの関係について知らないと事件を正しく把握できないだろう。どう調べるんだ？」

「それならこれがあります」

岩永は手の平から少しはみ出るくらいの細長い板状のものをポケットから取り出して九郎に示した。

「今朝方、地域の化け物に命じてこのＩＣレコーダーを丘町さんの病室に隠させておきました。病院はもともと幽霊や怪異が多い所です、協力してくれるものには事欠きません。警察はそこで今日も事情聴取をしたようですから、その遣《や》り取《と》りはすっかり録音されているでしょう」

丘町が病室でひとりきりの時、事件の裏にある真意を呟《つぶや》いてくれていれば手間がとても省けるが、そこまでは期待が過ぎるだろう。

昨晩のうちに周辺の妖怪変化《ようかいへんげ》に命じて丘町のいる病院を探させてＩＣレコーダーを仕掛

けさせ、回収されたそれは二人の刑事が来る直前に岩永へ届けられていた。録音時間が長く、まだ聞けていない。

六花がICレコーダーを持つ岩永を指しながら真摯《しんし》に九郎に訴える。

「ほら、これでは浮気のひとつもできないでしょう」

「浮気はもともとやっちゃあいけませんよ」

六花を部屋から放り出したいところだが、ひとりにしてまた姿を消されたり密《ひそ》かに動かれても困る。結局呉越同舟で再生されるレコーダーを聞くしかなかった。

『……長塚がこんな文書を用意していたなんて、驚きました。いや、驚いたのとは違うか。多かれ少なかれ、あそこにいた下原、荒本、そして俺も同じ罪悪感と償いを探していたはずですから。お前もだったかと共感したといいますか。それでもお前に一方的に断罪されるのは納得いかないと言ってやりたくはあります。

ええ、キリンの社や大和田柊についてはは説明できます。俺達がなぜあの山に入って、なぜ長塚が皆を殺すことになったか、この文書だけじゃよくわかりませんよね。

説明できますが、理解してもらえるかは別問題です。ただ俺達はそれを信じていた、信じざるをえないくらい追い詰められていたんです。

まずは柊のことから話します。彼女は大学のひとつ下の後輩で、俺達が所属していたアウトドア活動のサークルに一年の時に入ってきました。

アウトドア活動と言っても車でキャンプ場に行ってバーベキューや釣りを楽しむとかいうレジャー感覚の強いものではなく、何の施設もない山や島とかに行って自然の中、最低限の装備で過ごすのを目的にした、けっこう本気度の高いサークルです。野宿とかサバイバルの側面の強いアウトドアですかね。

サークルメンバーは二十名前後で、年度によって違いはありますが、男女の数は同じくらいでした。トイレのない山で二晩くらい過ごす活動もしていましたから女子には敬遠されそうですけど、最近は本格的なキャンプに興味を持つ女性も多いらしく、もともとサークルを立ち上げたのが女性だったのもあって、毎年何人かは入っていました。男女別々の活動もありましたし、一緒の活動もありました。

柊はそんな女子メンバーのひとりです。名前で呼んでいるからといって特別親しかったわけではありません。彼女自身が最初の自己紹介の時、

「大和田という苗字《みょうじ》は髭面《ひげづら》の大男のイメージがあるので、名前の柊で呼んでください」

と言って、以後大和田と呼んでも応じてくれないのでサークルでは柊と名前で呼んでいたんです。苗字っぽい名だからでしょうね、誰もが抵抗なく呼んでいましたよ。

柊は綺麗な女子でした。背が高くて痩《や》せていて、何を考えているかつかめないところも

あって、あの桜川さんに雰囲気が少し似ていなくもありません。

サークル内で目立ちはしませんし、男性受けするタイプでもなかったんですが、俺にとってはそこにいるとつい目で追ってしまう、サークルの集まりで最初にどこにいるか探してしまう女性だったんですよ。今回亡くなった三人もそうだったでしょう。

彼女が二年の時でした。サークルの飲み会で、ここに入った理由をぽつぽつと俺に長塚、下原と荒本が聞いている時に話し出したんです。

彼女の家はキリンに祟られていて、曾祖父の頃からずっと危険や死につきまとわれていると。

「明治の時、うちの曾祖父が動物園に勤めていて、海外からキリンを購入したんですけど、予算を使い過ぎだとクビにされ、それからかなり苦労したんだそうです。それでそのキリンは動物園で人気になったんだけど一年と経《た》たずに死んじゃって、剝製《はくせい》にされて博物館に引き取られたといいます」

いったい何の話かと俺達は戸惑いましたけど、彼女は酒の勢いか誰かに訴えたかったのか、そんなものは気にせず話し続けました。

「その直後から動物園の動物が変死したり飼育員が次々倒れたり、園長までも原因不明の病《やまい》で入院して後に死亡、剝製を収蔵した博物館でも同じことが起こり、館長が変死するなんて事態まで起こった。それで動物園と博物館は、これはあのキリンの祟りではないかと剝製の展示をとりやめ、その骨を山奥に作った社に納めてキリンの霊を鎮めようとしたんだそうです」

俺達は相槌《あいづち》を打ってはいましたけど、やっぱりわけがわかりません。キリンの祟りとか言われても信じづらいでしょう？

社のおかげか祟りは落ち着いたらしいですが、動物園も博物館も戦争中になくなってしまい、キリンの社がどうなったか、知っている人もいなくなった。そして柊の家は曾祖父の頃から危険や死につきまとわれるようになっていたのだと。

曾祖父はどんな仕事についてもうまくいかず、ケガをしがちで五十過ぎで病死、死の床でこれはキリンの祟りだって最後までうなされていたとか。祖父も父も同様の不運続きで、六十歳になる前に事故死と病死。祖父がこのキリンの祟りについてよく話していて、父親は信じていなかったのだけど、自分が死ぬ間際には家族を呼んで、やはりうちはキリンに恨まれているのかもしれない、と呟いたとか。

「私はこれで丈夫なたちなんですが、小さい頃から事故やケガに遭いやすいんです。本当に祟られてるんじゃないかってくらい嫌な予感が当たったり、死を感じさせられることが多くて。祟りの存在なんて私も疑ってますけど、これから不幸な目に遭った時、ずっと頭にキリンが浮かぶかと思うとたまらなくて。テレビとかでキリンが映るだけでもちょっと動揺します。それに年々、事故やケガの程度が大きくなっている気もして」

柊はそこで考えたそうです。山奥にキリンの社を建ててしばらくは祟りが落ち着いたらしい。でもその後、動物園も博物館も潰《つぶ》れ、キリンを日本に連れてきた一番の元凶である柊の家に不幸が続いてる。ならひょっとするとキリンの社がちゃんと管理されてないんじゃないか、ちゃんと祀ってないんじゃないか、と。それが長く続いているから祟りも強まっているんじゃ。

逆に考えればちゃんと祀り直すなり柊が直接参拝すれば祟りがまた鎮まるんじゃないかというわけです。筋は通っています。

「動物園や博物館の記録はろくに残ってません。当時の関係者に訊いてまわってようやくキリンの社があるらしい山はわかりました。けどろくに人が入らない山で、社までの道も消えていそうです。もう少し詳しい社の位置を調べてますが、それが知れても素人が迂闊《うかつ》に入れば遭難しそうです。祟られている私なら確実にそうなりそうです。そんな時にこのサークルを知って、ここなら社を探すのに必要な技術が憶えられると思ったんです」

サークルではけっこう面白がってサバイバル技術や山で遭難しないための準備や対応とか前からやってましたから、柊の目的とは合ってましたね。

「卒業までには技術と情報を揃え、キリンの社を見つけて手を合わせようと思います。それをやらないと私の人生は始まりません。その時を、首を長くして待っています。相手がキリンだけに」

俺達は反応に困りましたが、柊がキリンの祟りを信じているのだけは間違いありませんでした。良ければ手伝おうか、ひとりで探すより皆で協力すれば成功率も高いだろう、何ならサークルの活動で社を探すのもありじゃと提案したんですが、

「いやあ、やめときましょうよ。先輩達までキリンの祟りに巻き込まれるかもしれませんよ。私とはちょっと距離を取った方がいいってわけでこの話をしたんですが」

と笑って断られました。俺達が彼女に告白する機会を探っているのを読まれていて、キリンについて片付くまで恋愛なんか考えられないって言いたかったんでしょう。

けれど俺達は彼女に惹《ひ》かれていました。そもそも俺達は祟りなんて信じていませんでしたから。ただ祟りは彼女の中に確実に存在し、社に参らなければずっとそれはあり続けるでしょう。

俺達は積極的に柊を手伝うようになりました。学生ですからそんな動けるわけじゃないんですが、古い資料をあさったり、その山のある地方出身の学生がいれば地元で聞き込んでもらったり。

俺達は半分楽しかったんですよ。アウトドア活動に宝探しの要素が加わったみたいで、それで好きな女性が喜んでくれるならと。

おかげで情報が増えた反面、柊ひとりで山に入ってすぐ社を見つけるのは難しいのもわかってきました。そもそも山は私有地みたいで、相続もきちんとされていなくて入るのに

もどこの誰に許可を取ればいいかもわからない。祟りを恐れる柊は慎重でした。

そのうち俺達の身の周りで不吉なことが増え出しました。妙に高熱を出して一週間くらい寝込んだり、図書館の本が落ちてきてケガをしたり、下宿の階段で足を滑らせて頭を打ったり。病気やケガをする可能性がある時は大抵そうなるといった具合でした。

ええ、偶然かもしれません。それぞれ原因ははっきりしていましたし、起こる可能性がある時に起こっただけです。でもこんなちょっとした不幸が俺に長塚、下原に荒本と全員に続き出して、キリンの祟りが気に掛かるようになったんですよ。

かといって柊にそれを打ち明けるのも格好が悪い。俺達は次第に柊を不吉なものに感じ出しもしました。自分達は彼女のせいで祟りに巻き込まれているのではないかと。今、柊と距離を取ったら祟りの対象から外れられるのではと。

バカバカしいでしょうね。でも実際小さな事故やケガが積み重なって、じわじわと呼吸が苦しくなっていく感覚でした。

なら柊から離れればいいと思われたでしょう。祟りが確実とわかればすぐ離れたかもしれません。けれど確証はない。後で気のせいだったとわかって、他の三人が柊と仲良くやっているのを遠くから見るなんて未来も怖かった。他の三人も同じ心境だったみたいです。

そして柊は三年生になった春、車に轢《ひ》き逃《に》げされて亡くなりました。俺達四人はその現場にいて、走り去っていく車も目撃しました。俺達の目撃証言ですぐ犯人は捕まりました。

夕方でしたがまだ明るく、ナンバーもはっきり見えたんです。新入生歓迎会が予定されてて、俺達四人は大学を出て会の開かれる店に向かってました。反対側の歩道を柊が歩いていて俺達に気づき、左右の注意をしながら横断歩道を渡ってこちらに来たんですが、そこをいきなり信号無視で走ってきた車に轢かれて宙を舞ったんです。

周りに他に誰もいませんでした。他の車も通りません。俺達はすぐ柊に駆け寄りました。アスファルトに落ちた柊はかすかに呼吸はしていましたがすでに意識がないみたいで、血が大量に流れ出していました。事故に遭いやすいと柊は言っていましたが、あまりにいきなりで、声を出す間もありませんでした。

ここで俺達は無意識に顔を見合わせたんです。

このまま柊が亡くなれば、自分達とキリンとの関わりが終わるんじゃないか。柊を巡って俺達が牽制《けんせい》し合うこともなく、いっせいに解放されるんじゃないか。

もちろん積極的に柊の死を願っていたわけでもありませんし、直接彼女を殺すなんてできるわけもありません。彼女を好きでしたから。だから離れるのを思い切れず、誰か離れる理由をくれれば離れるのに、とまで考えていました。

ええ、瀕死《ひんし》の柊の前で俺達は呆然《ぼうぜん》としていました。でもそんな考えが頭を回っていました。少なくとも俺はそうでしたし、後で皆も同じだと認めましたよ。

はい、俺達は救急車を呼ぶのをためらったんです。呼ぶのを遅らせれば、柊はじき息を引き取るんじゃと。

いったいどれくらい俺達がそうしていたのか。数秒の気もします。五分以上かもしれません。ただ俺達はほんのわずかの時間かもしれなくとも、救急車が来るのを確実に遅らせたんです。

柊は助かりませんでした。もっと早く病院に運ばれていれば、とは言われませんでした。むしろ轢かれた後によく少しでも息があったくらいだと聞いた憶えがあります。

でも正気に返った俺達は柊を見殺しにした気分でした。

一方でキリンの祟りの実在をいっそう感じだしてもいました。

なぜか、ですか？　柊を轢いた車の中、リアウィンドウの所に、キリンのぬいぐるみが置かれていたのが見えたんですよ。それも俺達は目撃していたんです。

偶然なんでしょうね。キリンのぬいぐるみなんて珍しくありません。でも俺達にとっては恐ろしかった。血を流す柊の前で、キリンの祟りが真っ先に頭を占めたんです。キリンの実物はもちろん、映像を見ただけでも鳥肌が立ちます。

その後の俺達については警察もすでに調べてますよね。全員大学を卒業できましたが、けっこう行き詰まっているでしょう。

下原は就職した会社で大ケガを負ったのをきっかけにリストラされ、その後ケガは治ったものの職を転々としている。

荒本は食品会社に入りましたが工場で事故に遭って、体の傷は癒《い》えたものの工場に入るのに恐怖症のような状態になって苦労している。

長塚は有名企業に就職しましたが、入社してすぐに大病を患って数ヵ月入院、社に復帰しても居づらい状況になって退職せざるをえず、転職でしくじり続けている。

俺も卒業と同時に父と母が立て続けに亡くなり、親類とは付き合いが薄く、孤独な身の上です。こうして入院していても訪れる者もいないでしょう。職場では上司に疎《うと》まれて胃を壊しました。

はい、偶然でしょうね。祟りなんて信じられないでしょう。

でも俺達にとってはキリンの祟りにまだ捕まっている気分でした。だから柊の代わりにキリンの社を見つけて参ろう、と誰ともなく提案して集まったんですよ。そうすれば俺達はやり直せそうだった。見殺しにしようとした柊に償えるとも勝手に思った。

柊の集めた情報は俺達も持っていましたから、社への手掛かりはあります。山の中を数日歩き回る覚悟があれば見つけられそうでもありました。

けれど長塚は全く違う目的を一番にしていたわけですね。いや、長塚の方が正しいか。俺だってずっと罪悪感を抱えていました。社に参ったくらいで俺達の何が許されるか、って疑いをいつも押さえつけていましたよ。

そして長塚と同じくらい、他の三人を責める気持ちを抱いてました。柊が轢かれた時、誰かがすぐに携帯電話を出して救急車を呼んでいれば何の悔《く》いも生まれなかった。なのにお前達は何をぼんやりしていたんだ。他の三人をそう恨みたくもなるでしょう？

はい、逆恨《さかうら》みです。俺が電話を掛ければ済んだ話です。

人生がうまくいっていれば忘れられたかもしれません。けれど不幸が続く中では、無茶をしてでも全部清算したくもなります。皆を殺して自殺するのもすっきりしますね。祟りにじわじわ追い詰められ、唐突に殺されるより、どう死ぬかは自分で決めたい。それくらいの矜持《きょうじ》は失いたくない。その気持ちはわかります。でもやっぱり長塚に一方的に殺されるのは納得いきませんよ。あいつも同罪なんだから。

それと長塚と柊が付き合ってたっていうのは嘘でしょうね。柊はキリンの社に参るまで恋愛をする気はなく、俺達は眼中にもなかったはずだ。だから柊は綺麗だった。長塚は俺に付き合いを匂《にお》わすようなことを言ってましたが、遺書にまで書くとは。山でも堂々と付き合っていたと皆に言いましたが、じき死ぬつもりだったので最期に見栄《みえ》を張ったんでしょうかね。

その時は桜川さんもいましたし、嘘だと指摘しても長塚が認めなければそれまでですから、空気が悪くなって後々一緒に行動しづらくなるよりはとそのままにせざるをえませんでしたが。

キリンの祟りについては当時のサークルメンバーでも知っている者はけっこういますよ。柊は酔うと陽気にそのことをたまに話していましたから。普段は気にしてない風に笑ってましたが、時々誰かに話さないと耐えられなかったのかもしれません。秘密を抱え続けるのはつらいですからね。

刑事さんもこんな話を聞かされて戸惑われたでしょう。ええ、キリンの祟りなんてないでしょうね。でも俺達はそんなものを信じざるをえないくらい罪悪感に苛《さいな》まれ、追い詰められていた。

それにね、キリンの祟りがなければ柊はどうしてあんな死に方をしたんでしょう。祟りがないなら柊の人生は最初から好転させようがなく、不幸なものと決まっていたというんでしょうか。そして俺達はありもしない祟りを恐れ、彼女を見殺しにしたというんでしょうか。

そんな真実、信じられますか?

ええ、俺達はキリンの祟りを否定できなくなっていたんですよ。祟りのせいでなければ救いようがありません。

刑事さんが信じようと信じまいと構いません。

ただこれが俺達があの山にいた理由で、長塚の手記についての説明です。刑事さんにも訊いてみたいんですが、俺がこうして生き残ったのは、キリンの祟りがある証拠でしょうか、ない証拠でしょうか？

それとも俺は、キリンの祟りから逃れられたんでしょうか？』

スイートルーム内のアナログ時計が午後十一時過ぎを指していた。

岩永はソファに座り、テーブルに開いたのりしお味のポテトチップスを手を汚さないように箸《はし》でつまんで口に運びつつ、缶ビールを飲みながら考えをまとめていた。

六花も先程まで同じ度合でビールを飲んでいたが、正面のソファで横になって寝息を立てている。すでに十本以上の空になったビールの缶がテーブルの上に並んでおり、その半分は岩永が飲んでいるが、別に眠気には襲われない。岩永はアルコールに強い体質らしく、少々の量では顔色にも変化がなかった。

岩永の背格好でいかにも酔っていますよ、という様子で店から出て歩いていると補導されかねないのでそこは幸いだったが、アルコールを十分に楽しめていないかもしれない。ビールの苦味は気に入っていて、一緒に塩分の強いものを食べるのも好みに合っていた。

九郎が眠る六花にベッドルームから持ってきた毛布をかけ、ビールの缶を傾ける岩永にあきれた声をかける。

「一応お前は名のある家の令嬢なんだから、酒を飲むのももうちょっとスタイルを気にすべきじゃないか？」

「だから上品に箸を使っているでしょう」

「そこがかえって庶民的でな。高いワインを揺らしながら飲まれても目障《めざわ》りだが」

この男は岩永が何をやっても文句に困らないらしい。

そう言う九郎は軟弱にもノンアルコールビールを手にして岩永の隣に座る。

「あの丘町冬司の供述、どう判断する？」

眠る六花を目で示しながら尋《たず》ねてきた九郎に、岩永は正直な印象を語った。

「キリンの祟りの話や柊さんについてはサークルメンバーに確認が取れますし、四人が祟りを恐れていたのも周囲から証言を取れそうです。ほとんど嘘はつけないでしょう。信じ難いことを語りながら一貫性もあり、手記に対して否定的な意見も入っていて、かえって説得力が増しているところもあります」

「そうだな。手記の内容の一部を否定すれば自分が偽造したと思わせず、逆に信憑性を与える効果も得られる。もともと皆を殺してひとりだけ生き残る計画を立てていたなら、警察にどう説明するかも想定していたはずだ。予定と違う現状でもそのまま使える部分は多いだろう。用意が十分ならわざとらしさもなく嘘を混ぜられるか」

九郎がそう懸念を示す。丘町は前夜に本物のキリンの亡霊に襲われたため、オカルト的なものへの恐れも増していようし、祟りを語るにもいっそう真実味が加わったろう。ICレコーダーの記録を聞き終えてから数時間経って、岩永としても何が起こり、何が企まれ、どんな意図が陰にあるのか頭の中に描き出せ始めていた。

「しかし大和田柊という女性も数奇な運命というか、明治の頃にでっち上げられたキリンの祟りに翻弄《ほんろう》された一生だな」

九郎が痛ましげに言う。彼女が一番の被害者という感覚なのだろう。岩永も肯《うなず》ける点はある。

「あのキリンが亡霊として力を出せるようになったのは最近で、それまで祟りは周囲の思い込みに過ぎませんでした。これは祟りの自己成就と言えるかもしれません」

「自己成就？」

「祟りがないにもかかわらずあると思ってキリンの魂を山に封じたがために、百年以上も後にキリンは人を害せる力を得た。そしてその祟りを恐れる四人をまさに襲い、死に至らしめたわけです」

転倒した話である。祟りを恐れるものがその祟りを完成させてしまった。

「これも鋼人七瀬みたいに嘘から生まれた、周りの信じる力によって具現化した怪異になるのか？」

九郎が問う。かつて手を焼かされたその都市伝説の怪人は概ねそういうものだったが、岩永は首を横に振った。

「少し違いますね。キリンの魂は最初から実在し、意志を持っています。ただ発揮できる力がそれで強くなるか弱まるかの話です。最初から何もかも嘘なら今のうちに消してしまおうで済みます」

キリンの祟りがこれほど事件の背景を占めているとは、岩永としても人の妄想の罪深さに長嘆したくなる。

「ただ嘘の祟りの犠牲者である柊さんに何の悪意もなかったとは言い切れませんよ」

そう岩永がビールを飲むと、九郎が不審げにした。

「彼女はただ祟りを鎮めに社へ参ろうとしていただけだろう？」

男は女に騙《だま》されやすいと言うが、九郎もその経験学習は進んでいないらしい。ソファで勝手に寝入った六花にわざわざ毛布をかけてやる行為自体、この女にこれまでやられた過去を忘れたのか、といい加減説教してやりたいところだ。

岩永はそこは横に置き、大和田柊の話を続ける。

「柊さんは百年以上続く祟りをそれくらいで鎮められると思っていたんでしょうかね。古来、怒れる神や霊を鎮めるにはそれなりの供物を必要とするものです」

そしてこういう時の捧《ささ》げ物は決まっている。

「彼女は意図的に四人の男性を社探しの仲間に引き込み、協力させていたんじゃあないですか。四人が自分に好意を持っていたのも察していたんです、利用しない手はないでしょう。当然、社を探しに山に入る時も同行させるのは簡単だったでしょう」

「供述の感触だと、彼女が断っても四人は同行したろうな」

九郎もそこは否定しない。岩永はポテトチップスを箸で挟んで上げた。

「彼女は四人の男をキリンへの生贄《いけにえ》、人身御供《ひとみごくう》にするつもりだったのでは。この四人の命を捧げますからどうか怒りをお鎮めください、私だけは助けてくださいと」

生贄や人身御供は古来世界中で見られ、珍しい行いではない。百年以上にわたる祟りを鎮めようというなら、それくらいしなければと民俗学的にも考えるのではないか。

九郎が開いた口が塞《ふさ》がらない顔をしていた。岩永は箸の先のポテトチップスをひらひらさせる。

「祟りを本気で恐れていた女性ですよ。内心でそれくらい企んでいたかもしれません。社の前で皆に毒入りのキャンディでも配れば労なく殺害できるでしょう。彼女の差し出すものなら四人とも疑わず口にしたでしょうし」

「お前はどうしてそう邪悪な発想ばかりするのか」

柊ではなく岩永の方が性根が悪いとばかりに非難された。岩永はソファで安眠している六花を指さす。

「いやいや、大和田柊はこの六花さんと雰囲気が似ていたというんですよ。それだけでろくな女じゃあないとわかるでしょう」

この盤石な根拠に九郎はぐうの音も出まいとポテトチップスを食べた後、箸で十字を作ってみせたが、よりいっそう非難の目を向けられた。

九郎はノンアルコールビールを飲み、息をつく。

「その真偽はともかく、現実は似た結果になっているか」

「そうですね。大和田柊によって四人はあの山に誘い込まれ、キリンの亡霊に襲われているんですから。生贄の儀式としてはうまくいっています。正確にはその四人によってキリンは刺激され、怒りを増していますから、まるきり逆の意味の供物になっていますが」

祟りがなかったのにあるものとして行動したがために力のある亡霊が生まれ、祟りを鎮めるための供物が火に油を注いだ。

九郎は思い込みが連綿と狂わせた多くの人生を思ってか、顔をしかめる。

「祟りを恐れて人生を狂わされた関係者には聞かせられない真実だな」

「あのキリンは自業自得だと暴れそうですが」

何の落ち度もなく生涯を狂わされたのはあのキリンのはずなので、岩永は一応そこの念は押しておいた。

九郎はその発想に慣れないみたいに宙を見つめ、何かに気づいた表情をする。

「しかしその生贄説、丘町冬司が仲間の殺害を計画した真の動機かもしれないな。彼はひとりだけ祟りから逃れるため、三人を殺してキリンへの供物にしようとしていた。そうして殺したことを警察から隠すため、あの手記を偽造して長塚彰の荷物に忍ばせておいた。六花さんもついでに供物にしようとして殺したんじゃ？」

「仲間の殺人動機はそうかもしれません。けれどついでくらいで最初に六花さんを殺すのはやはりリスクが高過ぎるでしょう。丘町さんにはよほどの必然性があったはずです」

棚上げされていた丘町の動機は満たされても、六花殺害の理由には足らない。実状ではさしたる前進にもならなかった。

「それで岩永、一連の問題を解決する目途は立っているのか？　山での事件は被害者全員を間断なく崖から落とす方法がないと収束しないだろうし、キリン自体もどうやってこちらの話を聞かせられるようにするか」

目の前で六花は憂《うれ》いなさそうに眠っている。寝たふりをしているだけかもしれないが、本当に無警戒に、全ての細工が終わったから望みの結果が出るのを悠々と待っているだけとも取れる。全くもって忌々《いまいま》しい。

「何をするにも、六花さんの狙いが問題ですね」

岩永に対し有利な交渉や取引を行う機会を探っているのは間違いない。けれどどうすれば岩永を譲歩させられると考え、この一連の事件に仕掛けを配置しているか。

実は何も仕掛けておらず岩永を悩ませて楽しんでいるだけという可能性もなくはないが、それは希望的観測が過ぎるだろう。六花は必ず何かを企んでいる。

「思えば今回、鋼人七瀬の例があったため急いで動きました。準備が十分だったとは言えません。前もってキリンについて知らなければもっと対応に焦ったでしょう。鋼人七瀬を布石に、私は六花さんに都合良く動かされた気配もあるんですよ」

考え過ぎかもしれないが、注意は必要だ。

「それにキリンが四人の男性を襲う前に六花さんは山で一度殺され、生き返っています。それならその時、六花さんは選択できる範囲で自身に有利な未来を決定したはずです。それが自分を殺した男性を助け、私との接触も辞さないものなんて一見合理性を感じられません。ならどんな利点があるのか」

九郎もひとつうなって言った。

「それこそ損得考えず、人助けを優先しただけじゃないか?」

「もう少し従姉の実像を直視してください」

本人はそういう言い訳をするにはしていたが、額面通り受け取れるはずがない。

岩永は新しいビールの缶を手に取って六花を眺める。

「今回の事件、おそらく六花さんは私に致命的なミスを犯させようとしています。準備は足らず、情報は少なく、化け物達でさえ事件を目撃できていない。いつもとかなり勝手が違います。ミスを犯す条件には事欠きません」

六花自身もそばにいて、惑わす発言までしている。

「きっとそのミスで私が知恵の神として化け物達からの信頼を失いかねない状況を作ろうとしているんです。そしてそのミスを修正できるのが六花さんしかいないとなれば、私は絶対的敗北感を味わい、六花さんが出す要求を無条件で飲まざるをえない局面も生じえるでしょう」

負けるとは思わないが、致命的なミスを犯す余地がないとまでは思えない。一時的であれ六花に命綱を握られかねない展開は十分想定される。

「六花さんが私を譲歩させようとすれば、ある意味これしか手がないとも言えます」

九郎も岩永が示すところの重大性を認識してか、厳しい表情になっている。ただ一方で六花の目的がそうならば、岩永にとって不利ではない面も生じる。

「ただしそれなら六花さんは事件に関し、隠し事はしても嘘はつかないでしょう。全て真実を話しながら私にミスを犯させた方がより敗北感を与えられます。なぜそれに気づかなかったんだ、といっそう私に自信を失わせ、主導権も握りやすくなります。ミスの効果を最大限利用するためにも、六花さんは嘘をつかない」

すると九郎が何事か難しく考える表情をふっと緩めた後、穏《おだ》やかに言った。

「久しぶりに話してわかったが、六花さんは思った以上に僕のことを理解していて、思った以上に理解していない」

ノンアルコールビールを飲んでいるのに酔いが回ったみたいな発言だ。岩永の不満を察知したのか九郎は苦笑して重ねる。

「お前はいつも通りやればいい。お前の判断はいつも正しい。お前がミスをしないとまでは言わないが、手順がどうであろうと、最終的には正しい判断を下す」

「それはそうですが」

「六花さんの企みが秩序に反するなら、どんなものであれお前に阻《はば》まれる。お前を殺せないなら、六花さんはどうしても負けるよ」

罠《わな》とか仕掛けはそんな単純なものと限らないが、間違いはどれほど重ねても間違いで、何を掛けても間違いになる。一時的に秩序を飲み込み乱しても、いずれ自壊しよう。

その一時的さえ許さないのが岩永の役割でもあるのだが、缶ビールを口に当てながら九郎に猜疑《さいぎ》を向けた。

「なら九郎先輩は必ず私の味方をすると？」

「いつもそうしていないか？」

「ならなぜ六花さんにわざわざ毛布をかける」

「風邪をひくといけないだろう」

「不死身の人が風邪をひきますか。九郎先輩も病気ひとつしたことないでしょう」

少なくとも岩永は病床の九郎にリンゴを剝《む》いて食べさせるという行事に恵まれていない。

九郎が急に眼精疲労に見舞われたみたいに両目の間を押さえた。

「お前があちこちで昼寝しててもちゃんと気遣ってるだろう」

「それで信用させて最後、後ろから刺そうというんですね。ベッドの上で後ろから挿《さ》すのは歓迎しますが」

以前にも豪華なスイートルームに宿泊する機会があったが堪能《たんのう》する暇はなく、今回も六花がいるからと、九郎はバスルームにさえ一緒に入ろうともしない。実際、昨晩水を向けてみたが六花と揃って正気を疑わんばかりの反応をされた。だから信用できないとこの男はわかっているのやら。

九郎はノンアルコールビールを飲み、

「きっとそういうところが六花さんに嫌がられる原因なんだろうな」

とまた雑なことを言うので、岩永は手近に転がるビールの空き缶をぶつけてやった。

懸念材料はあるが、岩永とていつまでも座しているわけにもいかない。

「さて、ずっと後手に回されているのも面白くありません。こちらからも動きましょうか。攻撃は最大の防御とも言います」

岩永は打つべき手をとうに思いついていた。

九郎がまた危惧《きぐ》のほどを隠そうともしない調子で尋ねてくる。

「どんな手を打つつもりだ？」

「六花さんの思惑より早い、柔軟な手ですよ」

岩永は明確に答えるのを避け、そう微笑《ほほえ》むので済ませた。眠っている様子とはいえ六花がいるのだ、もしかすると聞き耳を立てているかもしれない。だから心の中でだけこう付け加える。

ここは丘町さんにうまく踊ってもらおうと思います、と。


丘町冬司は真っ暗な病室のベッドに横になったまま天井を見つめていた。午前四時くらいだろうか。情報も多く入り、精神的にも落ち着きはしたが、熟睡できないまま目が冴《さ》え、結局自身の課題をどう解決するかに集中せざるをえなかった。さらに病室では相変わらず幽霊が横切ったり冬司をちらりと見て窓をすり抜けていったりもしている。

警察の事情聴取が本格化し、負傷した体の検査も詳細に行われ、けして昼間によく眠れているわけではない。病室の幽霊は気に掛かるが、それ以上にキリンの亡霊によって乱された計画の行方が心の重しになってしまっている。

これもある意味キリンの祟りではないかとも感じるが、あきらめるには早い。少しでも自身に有利な手を打つべく努力せねばならない。破滅するにも破滅の仕方は選べるはずだ。でなければ死んでも死にきれない。

一番の問題は、どうすれば皆を崖へと走らせ、転落させられるかだった。キリンの亡霊を出さずにそれが可能な方法さえあれば、冬司にとって好都合な『真相』を警察に語れなくもない。

だがそれが全く見当がつかなかった。自分達のキャンプ地での行動や警察から聞かされた話などから状況はかなりわかっているが、そんな奇妙な殺人現場を発生させる現実的手段がまるで思い浮かばない。

これが普通の事件や推理小説のように、人の手で行われた事件の謎《なぞ》を解決しようというならまだ意気込めるかもしれない。きっと答えはあるだろうから、閃《ひらめ》きひとつでそこにたどり着けるとも信じられる。

けれど冬司は実際に何が起こったか知っている。それが信じてもらえないものであるため、説得力があって自分にとって都合の良い嘘の解決を創作して語らねばならない、というわけのわからない立場に置かれてしまっているのだ。

答えがあるかどうか不明の問題ほど、立ち向かう意志を挫《くじ》くものはない。

すると枕元《まくらもと》に淡い光が立ち、いきなり声をかけられた。

「兄さん、眠れないようだな。そりゃあ自分がいったいどういう目に遭ったのかわからないっていうのは不安だろうな」

冬司は驚きながら反射的にそちらへ首だけ動かす。そこには着物姿の小柄《こがら》な男の老人がいた。あのキリンの亡霊ほどではないがかすかに光り、そのためほとんど光源のない夜の病室でも姿が確認できた。目が合った。

「おう、ちゃんと俺が見えてるみたいだな。なら話は早い。この病院で死んで成仏し損ねた身の上だ」

薄々勘づいてはいたが、その老人は幽霊らしかった。入院してから怪異なものが視界に入るようになっていたが、とうとう声をかけられてしまった。これまでは反応しそうになるのを抑えていたが、つい動いてしまった。これでは黙っている方が面倒になりそうだ。

「幽霊というわけですか？」

冬司は驚くのにももはや疲れ、投げ遣《なや》りに確認してみる。

「そうだ。ほら、その証拠に足がないだろう？」

老人は唐突にふわりとベッドの上に浮かんでみせる。その足は昔の幽霊画のように膝下《ひざした》辺りから消えていた。

「つい最近足のある幽霊を見たばかりなんですが」

「足のある姿にもなれるが、こっちの方が幽霊らしいだろう？」

やはり足のあるなしは流行に過ぎないらしい。老人の幽霊は冬司のベッドに腰掛ける形になって気さくに話しかけてくる。

「病院に来る警察や看護師とかの話を耳にしたんだが、そんな目に遭った時の記憶を失ってるんだって? 真犯人の手記とやらで兄さんが犯人にされそうにないが、事件は謎めいてるな。その手記もこんな風邪薬の入ってそうな金属製の蓋のついたガラス瓶に入ってたっていうんだから推理小説のようじゃないか。しかし兄さんの記憶が戻らないと解決しかねる雰囲気ときてる」

老人の幽霊はガラス瓶の大きさを指で表したりしたが、そもそも警察に解決できる事件ではない。とはいえそれは幽霊相手でも冬司は軽々しく口にはできなかった。

老人はマイペースに続ける。

「まともな方法じゃ兄さん達をまとめて崖から落とすなんてのは不可能そうだ。それこそ幽霊にでも追い回されて取り乱したあげく崖から落ちていったみたいじゃないか。いやいや、そんなの滅多に起こりはしないな」

「そうですね」

老人は真相を見事に言い当てていたが、冬司はそう相槌を打っておいた。この老人は自分にしか見えない幻覚かもしれないのだ。夜中、独《ひと》り言《ごと》であっても真実を外に出したくはない。

「そこで俺はひとつ、できそうな方法を思いついたんだ。聞いてくれないか。もしそれが当たってれば兄さんの記憶が戻るかもしれない、なら答え合わせもできるだろう?」

冬司はつい目を見張った。幻覚であっても、自分の求める答えの手掛かりになりそうな考えを聞けるのはこの窮地では幸いに思えた。

少しためらいはしたが、冬司は老人に尋ねる。

「どんな方法を思いついたんです?」


岩永が目を開くと、隣に野江と名乗った女性の刑事が座っていた。野江はどうにも居心地が悪そうにしており、岩永が目を覚ましたのに気づくといっそう居心地悪そうに挨拶《あいさつ》してきた。

「どうも。お目覚めですか」

「おや、刑事さんも買い物ですか?」

岩永はひとつ欠伸《あくび》をして身を起こし、長椅子《ながいす》に座り直す。眠った時は隣に九郎がいて、岩永はもたれる形になっていたはずだが、目覚めると上半身を長椅子に横にした状態だった。

今日は昼から九郎と六花とともに、この県内にある大型のショッピングモールにやってきたのだが、岩永は睡眠不足もあって、モール内でイベントが行われたりする、飲食が可能な休憩エリアに並べられている長椅子に座ってつい眠り込んでしまったのだ。

岩永はベレー帽の位置を直しながら野江に言う。

「昨晩は深酒をしてしまい、他にも朝まであれこれ用をこなしていたものですから眠り足らなくて」

「ふ、深酒ですか」

場違いな単語を聞いたとばかり野江が目を丸くしたが、何も問題はない。

「これでも成人していますからね。それより九郎先輩と六花さんはどうしました？」

周囲を見回すが二人揃って姿がない。野江が身を小さくするように答える。

「それが、買い物を済ませたいので少しの間眠っているあなたを見ておいてくれないかと頼まれまして」

「ああ、私達を尾行中の刑事さんに声をかけたんですね、非常識にも」

職務中の野江に頼まずともどちらかひとりが残ればいいだけでは、と思ったが、六花ひとりで行かせて自由に行動する機会を与えるのを九郎は懸念したろうし、九郎ひとりが行っても同じなので、距離を取って見つからないよう尾行していたであろう野江に呼びかけたに違いない。きっと六花が。いや、岩永を放ってどこかに行こうと合意すること自体、九郎も同罪だ。

その時の野江は複雑な気持ちだったろうが、逃げるのも無理があるとあきらめるしかなかったと思われる。

「いつから尾行に気づいていたんです？」

野江が自身の失敗はともかくとして、どこか責めるように訊いてきた。

「初日からずっと。今日はつかないかと思っていたんですが、まだ怪しまれているんですね」

岩永は長椅子の下に倒れていたステッキを取って傍《かたわ》らに置き直す。野江は言い訳するだけ無駄と観念してか肩を落とした。

「甲本さんが気に掛かるから私ひとりだけでも見張っておけと。捜査本部は事件と無関係と判断しているのですが。あなた達もどうしてまだお帰りにならないんです？」

上司からの命令に不服はあれど、そこは野江も納得がいかないようだ。

「六花さんの処遇がなかなか決まらないので、しばらくホテルに滞在することにしただけですよ。一年以上行方をくらましていた人ですからね、手間もかかります」

岩永が真実の一部を語った頃、九郎と六花がのんびり並んで歩きながら長椅子の方に戻ってきた。六花にいたってはどこに売っていたのかイカ焼きを右手に持っている。イカの姿そのままに棒を刺した方のイカ焼きである。

「なんだ、もう起きたのか」

ショップの紙袋を持った九郎が不服そうにしながら岩永の前に立った。その隣で無関係とばかりイカ焼きを食べている六花に岩永は注意しておく。

「六花さん、職務中の刑事さんにものを頼むなんて失礼でしょう」

「買い物の途中でひとり熟睡するのは失礼じゃないの？」

六花は岩永こそ何を言っているのか、と主張せんばかりだが、そこは論外だ。

「尾行に気づかれていた私が未熟なだけで、誰が悪いというわけでも」

野江が不毛な争いの中心にいるのは避けたいとばかり割って入り、長椅子から立ち上がって頭を下げる。

六花が代わりに長椅子に座って足を組み、野江に話しかけた。

「事件の方はどうです？　丘町さんの記憶は戻りましたか？」

野江は少し迷う素振りをしたものの、じき公表予定の内容は話すことにしたらしい。

「まだのようです。証言や手記の裏付け捜査は進んでいるんですが、キリンの社についての手掛かりは少なくて。ただキリンの祟りについて被害者達はあの山に入る前から周囲に話していました。それを祓《はら》うため、仕事を休んでもあの山に行く必要があると家族に話していた被害者も複数いて」

九郎が気遣わしげに肯く。

「キリン関係について公表すれば知っている人から情報が寄せられそうですが、事件が途端にオカルトじみたものになって、変に騒がれそうでもありますね」

「ええ、殺人の動機が祟りに基づいていますからね、すでにマスコミに手記の内容は流れていて、じき報道されるでしょう。死者の多い事件ですし、どんな扇情的な扱いをされるか。だから本部は早期解決を目指しています」

マスコミの騒ぐ事件が解決されないと警察の面子《メンツ》に関わるだろう。解決に必要な材料のほとんどが手にありそうではあるが、現状では被疑者死亡で送検するには不十分だ。長塚彰の遺族からの抗議も考えられる。

「せめて長塚彰が仲間を落とした方法がわかれば格好がつくんですが。けれど皆が何かに追われたあげく、揃って崖から飛び出したと見える殺し方なんて見当もつきません」

野江が愚痴っぽく言うので、岩永はそれに乗ることにした。

「ではご迷惑をおかけした埋め合わせに、その殺害方法、お教えしましょうか」

「は？」

野江がきょとんとした。九郎と六花も驚きの表情を岩永に向けている。昨晩かなりの情報を入手したのだ。それくらいの準備ができていないわけがない。

「どうすればその不可解な殺害現場が発生させられるか。あくまで私の仮説ですが」

冷静になられて野江から拒否されるのも都合が悪いので、岩永は素早く話を進めた。

「要は崖から落としたい三人を、長塚彰はどうやって怪しまれずその縁まで連れてくるか、という問題なんです。極端を言えば、三人を崖の縁に並んで立たせることができれば後ろから同時に突き落とすのも難しくないでしょう」

野江は岩永の自信のある口調に引かれてか、まだ戸惑いながらも応じてくれる。

「ええ、けれどキャンプや現場までの痕跡からして、皆は何かに追われるように崖へ向かったのは確かと思われます。その上で崖の縁に並んで立たせるってどんな状況です？」

当然、そんな状況は生じておらず、長塚彰も計画していない。キリンの亡霊が四人を崖へと追い込んで落としたのが真実だ。

「ひとつ質問を。皆はキリンの祟りを祓いに山へ入ったというなら、それにかなり怯えたり、信じたりしていたんですよね？」

丘町の供述を聞いていればそこは自信を持って語れるが、岩永達はその供述を聞いていない建前なので、きちんと確認しておく。

野江はためらいを見せつつも、これくらいなら問題ないと判断してか肯いた。

「はい。丘町さんの供述や、被害者の周囲からも裏付ける証言を得られていますが」

「なら長塚さんは皆を崖に走らせ、縁に立たせることができましたよ」

岩永はそうして嘘の解決をもっともらしく語り始める。

「事件の夜、四人はテントの外で集まって話し合っていたようです。その時長塚さんがさりげなく後ろを振り返り、瞬間、悲鳴を上げて腰を抜かしたようになりながら木々の奥の暗闇《くらやみ》を指し、『き、キリンが来る！』と叫べばどうなります？」

「あの、わけがわかりませんが」

野江が岩永の頭を疑うのは失礼だけれどそう言わざるをえないという風に右手を小さく挙げた。九郎と六花も何を語る気なのかという様子だ。何しろ岩永は事実に近い説明を行っているのだから。

「長塚さんはさながらそこにキリンがいて、自分に襲いかかってきた芝居をしたんです。そしてその幻のキリンから逃げ出すように、明かりを手に崖へと向かって慌てふためいた勢いで駆け出します。さて、どうなります？」

芝居をしたと聞いて、野江と九郎と六花の表情に変化が出た。

岩永は微笑んで続ける。

「そこにいた皆がキリンの祟りを恐れ、それを祓い、鎮めようと山に来ました。四人はキリンを恐れていた。祟りの原因であるキリンが襲いかかってくるというイメージはかなりリアリティを持っていたでしょう」

野江が吟味するごとき間を取った後、一定の理解を示す。

「普通なら何かの冗談に思えるでしょうが、四人にとってはそういう幻が見えるのもおかしくないと感じるかもしれません。でも長塚彰がキリンに襲われて逃げ出したふりをしても、他の三人もそんなものが現れたと錯覚して一緒に逃げ出しはしないでしょう？」

「はい。長塚さんがキリンの祟りを恐れるあまり錯乱して走り出したと思うだけでしょう。同時に長塚さんがそうなってもおかしくないと感じ、それが芝居だととっさには疑えない。キリンの祟りへの恐れを共有するがゆえにその怯えも恐怖も理解でき、自分達もそうなるかもしれないという危機感さえ覚えたかもしれません」

岩永はステッキを振り、長塚彰が逃げ出した方向を指すようにしてみせる。

「なら三人は仲間である長塚さんを慌てて追おうとしませんか？　走り出し方からして尋常ではない、その先に崖があるのを知っていればなお早く彼を止めねばそこから落ちて死ぬかもしれないと、手近なランタンやライトを手に、必死に走り出しませんか？　長塚さんを正気に返らせようと彼の名を呼びながら」

野江が目を見開いた。

「三人は追われていたのではなく、追いかけていたとっ！」

双方必死に走っているのだから、それぞれを切り取って見ればその違いはわからない。

例えば追う者と追われる者が真っ直《ま》ぐ《す》な道ではなく、陸上競技のトラックのような、丸くつながった円状の道を走っていればどうなるか。追う者が追われる者の背中を見ていても、位置によっては追われる者が追う者の背中を見る状態になることもある。

なら追うも追われるも、まるで同じ現象だ。

「長塚さんは追われていますが、正しくは三人に追わせています。先に駆け出していますし、崖までのルートを前もって確認していれば暗い中でも早く走れ、まず追いつかれません。そして崖の縁までたどり着くと、追ってくる三人の声が近づいた時を見計らい、さながらそこから飛び出して落ちたごとき悲鳴を上げてみせ、近くにある大きめの石や木の一部など、重量のあるものと手にしていた明かりを下へ投げ落とします。そしてすぐに後ろに退《さ》がって、樹林に身を隠します」

「三人に自分が崖から落ちたと錯覚させるんですか？」

「はい。長塚さんを追ってきた三人はその悲鳴と崖の下に何か重量のあるものが落ちた音を聞くでしょう。樹林から崖に出た三人は、そこに人影がなければ長塚さんが落ちたと思い、崖の縁まで近づいて下をのぞき込もうとしませんか？」

人は目で見ていないものはなかなか認められない。落ちたとしか思えない状況でも、その認識が正しいかどうか、視覚的な証拠を欲するものだ。

野江は唇を引き結び、どこか岩永に騙されていないかとしばらく思案するらしき間を取ったが、全否定はできなかったようだ。

「人間心理として、本当に落ちたか確認しないではいられないのはありえます。ええ、私ならすぐ崖の縁まで行って必死に身を乗り出し、下をのぞくでしょう。夜とはいえ懐中電灯やランタンで照らせば、崖の下まで見えるかもしれないとも思います」

「三人にとっては仲間がそんな風に死ぬとは信じ難く、キリンの祟りが目の前でいきなり現実化したようです。その恐怖からもいっそう確認したくなるでしょう。それ以外考える余裕もないかもしれません。自分達が落ちるのを恐れ、怖々とではあるでしょうが、刑事さんのおっしゃった通り、三人は呆然と崖の縁に立ち、下をのぞき込む格好になるはずです」

岩永の説明に、九郎が補足を行ってくる。

「樹林に退いて隠れている長塚彰からすれば、三人が背中を向け、崖の縁に並んで立っているわけか」

「はい。さながら突き飛ばしてくださいというように」

野江が瞳をまじまじと開いた。それは追われていた者が追っていた者の後ろに回り、追い込む者に変わったとも表現できる。

「三人それぞれ手に明かりを持っているでしょうから、暗い夜の中でもその位置ははっきりわかるでしょう。三人は下に落ちたと思われる長塚さんの確認に気を取られ、背中は完全に無防備です。長塚さんはその三人に後ろから思い切り体当たりし、突き落とします。三対一ですが、そこは柵《さく》もない崖の縁です。重心が崖の向こうに出れば踏みとどまれず落下します。それも三人は下をのぞき込もうと、もともと重心を崖の外に向かわせているんです。たとえ体勢を低くして崖下《がけした》をのぞき込んでいても、長塚さんが後ろから体ごとぶつかってくれば耐えられないでしょう」

実際にやるとすれば成功するかどうかはかなりの賭《か》けだろう。ただここで必要なのは実際にやれそうかどうかだ。

野江が狼狽《ろうばい》を見せつつその点を指摘してくる。

「でも確実とは言えない殺人方法です。それに危険ですよ。長塚彰も一緒に崖から落ちかねないでしょう」

「落ちて問題ありませんよ。長塚彰は最初から皆を殺して自殺するつもりだったじゃあないですか」

「あ」

野江が肝心な点を失念していたと額に手を当てた。

「むしろ一緒に落ちる勢いでぶつかれば、三人を道連れにできる確率も高まります」

自殺覚悟でなければこんな方法は取れない。あの手記があるからこそ通用する仮説である。

そこで六花がイカ焼きを食べながら小姑《こじゅうと》のように言ってきた。

「長塚彰は自分が落ちたと誤認させるため重いものを崖から投げたと言うけれど、そう都合良く手近にそんな石や木があるものかしら？　前もって用意するにしても、山に入ってからは四人一緒に行動していたでしょうし、単独行動する時間があっても適当な大きさのものがすぐ見つかるとは限らない」

「何も殺害当日にそれを用意する必要はありません。キリンの社を探すに当たって山の情報を集めていれば崖の存在は事前にわかりそうですし、早い段階で殺害方法も考えられたでしょう。そして皆で山に行くのは何日も前に決まっていたでしょうから、それより以前にひとりで山に入り、必要な物を崖の上にあらかじめ置いておけばいいんです。下からそれは見えず、不審にも思われません」

想定内の指摘のため、岩永は一太刀で切って捨てる。六花も想定内だったのか、手にするイカ焼きの先を向けて新たな点を突いてきた。

「では長塚彰はなぜそんな手間をかけ、不確実で勢い任せの殺害方法を取ったのかしら？それこそ皆に毒でも飲ませれば簡単で確実に殺せたでしょう？」

「六花さんの言う通り、この方法だと全員を崖から落とせるかどうか運の要素が大きいな。三人がある程度まとまって崖の縁に立たないと、後ろからまとめて体当たりはできない。下手をすれば自分だけ崖から飛び出しかねないんだ。うまく落とせる条件が必ず揃うとは限らないだろう」

九郎までもそこを掘り下げてくる。この男は本当に平気で裏切ってくる。岩永としてもここは説明しづらいというのに。

「毒を飲ませるのは難しいですよ。女子からチョコやキャンディを渡されれば男子は喜んで口に入れるでしょうが、長塚さんからそんなものを渡されても警戒するでしょう。山に入るに当たって食料や水は個々に持ち込むでしょうし、毒をそれぞれに仕込むのは難易度が高い。三人同時に飲ませないと他の者に毒を気づかれ、殺し損ねるリスクもあります」

飲ませなくとも毒を塗った針で三人を次々刺していけば手早く確実に殺せるのでこれは誤魔化しだが、説明になっていなくもない。

岩永は平然と九郎の指摘した点にも反論を行う。

「三人がまとまって崖の縁に立つかは確かに微妙かもしれません。けれどキリンの祟りを恐れる三人です。深夜、仲間の死を確認しようと崖の下をのぞき込むんですよ、不安と怯えから無意識のうちに互いの距離を近くしようとするのではないでしょうか」

不確実は否めないが、ひとまずこれでしのいで岩永はこう意味ありげに続けた。

「また長塚さんはキリンの祟りによる破滅を信じていたため、この方法で全員をうまく殺せると確信していたのかも」

「祟りによる補助があるから、死の罠がある所にさえ立たせれば、必ず皆が死ぬと考えたと？」

六花が怪しむように尋ねてくる。岩永は肯定してみせた。

「はい。あるいはそうやってキリンの祟りの実在を確認したかったのかもしれません。祟りが実在するなら、死ぬ可能性が高い状態では必ず皆が死ぬように運命は働くと。普通の人はなるべくなら人を殺したくはありません。人を殺して良い十分な理由、自己を正当化する根拠を求めるのではないでしょうか。自分は祟りゆえに人を殺すことになったと長塚さんは最後の最後まで思いたかったのかもしれません」

これだけでは少々苦しい説明なので、岩永は野江に頼ることにした。

「刑事さん、そちらが知る事実で、長塚さんがそんな風に考えそうな理由、何かありませんか？」

野江は不意に打開案を求められ、言葉に詰まる沈黙を持った後、こう呟いた。

「ケガをする可能性がある時は大抵そうなる」

「どういう意味です？」

丘町の供述の中にあった、祟りを表現した言葉のひとつだ。不幸なことが起こる状況なら、不幸な方に流れは傾くといった意味だが、岩永は知らないふりをする。

野江は訊き返され、いくらかの逡巡《しゅんじゅん》の後に見解を述べてくれた。

「詳しくは言えませんが、キリンの祟りにはそんな傾向があったそうです。その上であの四人はもはや祟りが存在しない方がつらい状態に追い込まれていた節があります。だから長塚彰は祟りの助力がなければ成功しないだろう殺人方法を敢《あ》えて取り、死の瞬間にもその実在を確信したいと願ったというのはないとは言えません」

丘町の供述から岩永も同じ説明を考えていたが、それを知らないふりをする以上、自分の口から言えなかったのだ。野江がうまく気づいてくれて助かった。

「祟りがなければつらい状態とは、あの手記通り思考も歪《ゆが》んで亡き恋人に挺身《ていしん》しようなんて不健康なことも考えそうですね」

死人に口なしなのでどうとでも言える。

「もとよりこれは証拠もない、私の仮説に過ぎません。ひょっとすると崖の下に長塚さんが自分が落ちたと誤認させるために投げたものがあるかもしれません。ただ投げたのが石や木なら普通に山に転がっているでしょうから、そう使われたとの確証は得にくいでしょう。この仮説をどうされるかはご自由にしてください」

岩永は野江に改めて微笑んだ。なぜか野江は青ざめたように見えたが、気にしないでおくことにした。


ホテルのスイートルームに戻ると、六花が真っ先に訊いてきた。

「あの嘘の解決はどういう意図なの？」

岩永はまだ眠り足らず、ベレー帽をテーブルに投げてソファに深くもたれ、そのまま目を閉じようとしていたのに、六花の声音は鋭利だ。

「あなたは長塚彰を犯人に仕立て上げる丘町冬司の計画に異を唱えていたでしょう。なのにあの解決はそれを完成させる最後のピースになる」

「そうですね」

岩永は面倒なので明朗に認めてみせる。六花はしばし唇を真っ直ぐに結んでいたが、岩永が果断に動いていると理解したらしい。

「すでに証拠の捏造も終わっていそうね？」

捏造とは人聞きが悪い。それで誰かを陥れようとはしていない。

「崖から投げたと思わせる倒木の一部を、山に棲《す》む化け物達に命じて下に転がさせておいたくらいですよ。ああ、高い所から投げ落としたらしき傷もつけさせましたが。警察の現場検証時と周囲の状態が変わっていると問題になるので、上から落ちて目立たない所に転がった、という工作もしてあります」

あの仮説が否定されない細工をしただけであって、実行されたと証明できる材料まではばらまいていない。

「ついでにあの仮説、今朝方には丘町さんにも伝えてありますよ」

九郎が驚きを表している。もうそこまでしているとは思っていなかったのだろう。岩永が今日の明け方まで近辺の妖怪や幽霊を呼んで指示を出していたのは知っていたろうが、具体的に何をしていたかまではきちんと教えていない。

岩永は目の前に立つ六花を見上げる。

「トラブルに首を突っ込むのが好きそうな老人の霊が病院にいましてね、この老人に事件について推理したんだが聞いてくれるか、という風に丘町さんへ話しかけさせたんです。

そこでさっき刑事さんに語った仮説を披露させました」

「なんて荒技を」

「いやあ、幽霊探偵って推理小説ではけっこうありますよ？」

幽霊刑事とか幽霊紳士とか、探偵役が実は幽霊だったというパターンもある。とはいえ岩永のような使い方は乱暴だろう。

九郎が納得しかねている口調で訊いてきた。

「なら丘町冬司が記憶を取り戻したと言って、あの仮説に沿った内容を警察に語れば事件は解決となるのか？」

「証拠は十分と言えませんが、生存者の証言とあの手記があれば警察は幕を引けるでしょう。被疑者は死亡して弁明できませんし、関係者も反論しにくい」

六花は岩永の真意を測りかねるとばかりにしてソファに座った。

「あなたは彼が私を殺した理由と、手記が瓶に入っていたことに疑問を持っていた。それらを放置してなぜこんな手を？」

「その二点から、丘町さんが現在見えている以上の計画を持っていた、または持っていると推察できています。けれど情報が足らない状態でそれらの内容を十全に見抜くのは難しい。なら事件の収束は丘町さんに任せようと判断しただけです」

岩永は微笑みながら両手で荷物を放り投げる動作をしてみせた。

「丘町さんがあの山で仲間を皆殺しにして自分だけ生き残る計画を立てていたとして、現状で最も困りそうなのが三人の死に方の説明です。あの不可解さと不自然さを説明できなければ、今後どう計画を修正するにも障害となりえるでしょう。逆にその部分さえ取り除ければ、自由度が一気に広がります」

全てを岩永が解決する必要はない。可能な人間に任せるのもひとつの手段だ。

「だから私はそれを取り除く方法を教えることにしたわけです。ついでに仮説の中に『でっち上げられた幻のキリン』という要素を組み込みました。人を襲うキリンが殺人の仕掛けとして捏造されたと認識されれば、亡霊のキリンはイメージしづらくなります」

殺人という現実的なものの中でキリンが虚構の道具として語られれば、その亡霊は卑小なものと認識され、力を持ち得ないだろう。

「これで丘町さんがどう動くかはわかりません。こちらとすればキリンの亡霊について詮《せん》索《さく》されない状況が生じればいいだけですから、丘町さんの真の計画に期待してみたんですよ」

「彼がそれで今後どんな犯罪を行おうと構わないと？」

六花は釘でも差し込んでくる調子だが、今さらそんな倫理を議論するのもおかしなものだ。

「さすがに多大な被害を出すつもりなら看過できませんが、この事件を自身の有利に仕立て上げるくらいなら止める必然性はないでしょう。　私は法の番人じゃあないのです、悪巧《わるだく》みというだけで咎《とが》める理由にはなりません」

岩永の役割は秩序の維持である。一面的な清廉を求めるのは筋が違う。

「むしろ悪巧みをしていてくれた方が真実にこだわらず、熱心に働いてくれると期待できます。犯罪者ほど手段を選ばず、知恵を尽くして有利に立ち回ろうとするものですから。丘町さんと私の利害は一致するんです」

「私はあなたの邪魔や攪乱《かくらん》はできても、丘町さんにまでは手を出せない。だから彼をあやつって事件を丸め込ませようと企んだのね？」

六花の推察は概ね正しい。企んだという表現は外聞が悪いし、六花も丘町をあやつって岩永を苦しめる事件に発展させたのではなかろうか。

「念のため丘町さんに見張りをつけてありますが、現状では移動も外部との連絡も簡単ではありません。あの人にできることは限られています。そして六花さんが丘町さんに働きかけるのも困難でしょう。事前に何か吹き込んでおけたかもしれませんが、丘町さんが事件を収束させる気ならば、それを止められはしないでしょう」

丘町の狙いがたとえ不明であっても、何か計画があって行動していたなら当人にとって望ましい着地点もあるに決まっている。仮にその着地点が悪意に基づくものであっても、どこかに着地さえすれば事件は収束する。

六花が混乱を拡大し、岩永を対処能力の限界まで追い詰めよう、ミスを犯させようとしても、すでに流れは決定されたと言える。

「事件はすでに私の手を離れ、私がミスを犯すリスクはありません。私が何かしようとするから六花さんに付け入る隙を与える。だから私以外の人に収束を任せたわけです。また六花さんがさらなる混乱を招く未来を決定しようとしてもその確率すら低まっています。介入したとしても、同じ能力を持つ九郎先輩が流れを元に戻せるくらいの変化しか起こせませんよ」

「九郎がそこであなたの指示に従うかしら？」

六花はまた嫌味なことを言う。一抹の不安はあったが岩永は九郎に確認を取った。

「そりゃあ従いますよね？」

九郎は六花に向かって答える。

「僕が従わなくとも、岩永なら六花さんを封じる手をいくつも用意していますよ」

「なぜそこで素直に従うと言えない」

愛を感じられない答え方である。それでも六花が面白くなさそうにまた唇を結んだので、勝利は勝利だろうが。

岩永は不満は残るものの、ひとつぽんと手を合わせた。

「これで事件の方はほぼ片付きました。後はキリンがこれ以上暴れないようにするだけです。六花さんも協力してくれますよね？」

「敵であるあなたになぜ私が協力を？」

心底嫌そうにした六花だが、断るのは得策ではないだろう。

「あなたが私との取引を望み、なるべく有利な条件を引き出したいなら、私の心証を良くしておくべきじゃあないですか？」

岩永はなるべく気遣わしげに言ったのだが、通じなかったらしい。

六花は冷たい瞳で忌々しそうに返した。

「あなたは本当に油断も隙もないわね」

油断や隙があると期待する方がどうかしている。

岩永は褒め言葉と受け取ってひと眠りすることにした。

第四章　岩永琴子《いわながことこ》の逆襲と敗北（後編）

深夜、岩永は山の中でひとり電池式のランタンを前に、持ち込んだ野外用の折りたたみ椅子《いす》に腰掛けて缶コーヒーを飲んでいた。丘町冬司《おかまちとうじ》達が崖《がけ》から落ちる前にキャンプを張っていたのと同じ樹林だが、警察が現場検証に再びやってくる可能性があるのでおかしな痕跡《こんせき》を残さないため、そのキャンプ地からは少し離れた場所で椅子についている。ステッキは傍《かたわ》らに置き、いつでも手に取れるようにしていた。ベレー帽はかぶったままだが、その他の服装は日中にショッピングモールで購入したアウトドア用の保温性と運動性に富んだものに着替えている。

空を飛べる妖怪《ようかい》に頼んでホテルからこの山奥まで運んでもらっており、移動の疲れはない。警察の監視がありそうなのでホテルの非常口から出て密《ひそ》かに空へと離れたため、チェックインしてから三日ばかり、岩永は表向き不審な移動をしていないことになる。

丑三《うしみ》つ時《どき》は過ぎていた。目的の相手が人間の気配を察知してじきやってくる頃合いだろうと思うと、辺りが急に明るさを増した。青白い光だ。音こそしなかったが、何かが近づいた雰囲気だけはある。

岩永はそちらに顔を上げた。

「いきなり襲ってこないところを見ると、私が普通の人間じゃあないとはわかるのか」

キリンの亡霊が数メートル先に立っていた。この暗い樹林の中に立つそれは全体像が見えず、キリンととっさには認識できない。その大きさから怪物が現れたとパニックに陥《おちい》る者がいても無理はない。ただ落ち着いて上へと目を向ければ梢《こずえ》に紛《まぎ》れて長い首があり、キリンらしい頭もかろうじて見える。

岩永は缶コーヒーを置いてステッキを取り、立ち上がった。

「お前にも言い分はあるだろうし、恨みももっともだ。だがこの山に棲《す》まう他のもの達に迷惑をかけるのはいけない」

見上げる角度が急過ぎてずれそうになるベレー帽を押さえ、岩永はキリンの亡霊に問うた。

「悪いようにはしない。私に従う気はあるか？」

キリンに迷いが見えたが、右の前足が振り上げられる。乱暴に下ろされたそれをかわすと代わりに折りたたみ椅子が砕《くだ》けた。岩永は次に崖の方へと走り出す。キリンの亡霊もすかさず追いかけてくる。

キリンは平常でも時速四十キロメートル前後で走れるという。サバンナでゆっくり走っているでと見える映像があっても、体が大きいため実は相当な速度が出ている場合もある。

そのキリンが亡霊という特性を得て、密集して立ち並ぶ木々をものともせず追いかけてくるのだから、人間が逃げ切れはしないだろう。キリンは相手を追い詰めるのを楽しむ余裕も持てよう。数日前にそうやって四人を崖から落としたのでなおさらだ。

ただ岩永はあらかじめ崖までのルートを調べ、闇《やみ》の中でも木にぶつからず、石にもつまずかず素早く走れた。全力で走らないキリンの視界から時折消えられるくらいに。

キリンは背が高く、視野も広いのでサバンナのどの動物よりも先に敵である肉食動物を発見すると言うが、山中の樹林では頭の高さに梢がある。木の枝や葉にどうしても視界を遮《さえぎ》られるのだ。背の高さゆえにかえって周囲が見づらい。追う相手を見失いやすくもある。

キリンが足を早めた。獲物を逃がしたくない思いが強いのだろう。亡霊になって日が浅く、人間を殺した経験もあって全能感も覚えているのかもしれない。六花《りっか》には反撃されたが負けたわけではなく、二回は殺しているので自信を喪失まではしていないらしい。加速して岩永を追いかけてくる。

全力で走っていた岩永は樹林をひと息に抜けた。抜けた先はすぐ地面がなく、岩永の体は空中に飛び出していた。丘町達が走った方向はまだ樹林を出て崖の端《はし》までスペースがあったが、岩永の走った方向にはほとんどスペースがなく、木の間を抜ければ半歩で崖下《がけした》に転落する場所だった。

キリンは前回と同じと思い込んでいたのだろう。樹林を抜ける直前に速度を落とせば崖の手前で止まれると考えたに違いない。足元の岩永を見失わなくするのに気を取られ、前方に注意を向けてもいなかったろう。それとも何も考えず岩永が怯《おび》えて崖から落ちればいいとただ走っていたのか。

岩永同様に樹林を抜けたキリンも急に足場を失い空中に飛び出していた。亡霊なので浮かぶことはできるだろうし、落ちたところで衝撃を受けたりしない。しかし亡霊となって間がなければまだ体の動かし方も能力も満足にはわかっていないだろう。

幽体として物をすり抜けられる特性は歩き回っているうちにわかり、あれこれ試して確信も得られる。しかし普通にキリンとして生きていた頃に空中に飛び出す経験などしているはずもなく、していればそこで死んでいる。本能的に死を感じる行為を、亡霊となったからとすぐ試せるはずもない。少し浮かんでみるくらいは試していても、いきなり高い所から飛ぼうとはしないだろう。

なら崖から飛び出して地面がなく、そこが空中であればキリンの亡霊でも束《つか》の間《ま》は恐怖する。為《な》す術《すべ》を考えるよりもまず恐怖に凍《こお》りつく。

岩永は樹林を走り抜けて飛び出した時、あらかじめ待機させておいた空を飛べる妖怪に背中をつかませてそのまま宙に留《とど》まっていた。ベレー帽は落ちないよう手で押さえている。そうして落下途中のキリンを空中で見下ろし、しっかりと目を合わせる。

岩永は口だけ、笑いを表す形にした。

「私に従う気はあるか？」

明らかにキリンの目と顔に理解を超越したものと遭遇した怯えと戦慄《せんりつ》が広がった。

瞬間、岩永は空を飛ぶ妖怪に体を押させ、宙を切って間合いを詰めたキリンの頭部にステッキの一撃を叩《たた》き込《こ》む。岩永の頭からベレー帽がひらりと外れた。恐怖に凍りついているキリンに回避運動はできず、その一撃はまともに入っていた。

キリンはネッキングの際に頭部を相手にぶつけるため、頭蓋骨《ずがいこつ》は丈夫で固い。さらに亡霊となればまっとうな物理の力で割れはしないが、岩永は亡霊に触れ、動かす力がある。一定の衝撃を与えるのは可能だ。

頭蓋を打たれたキリンはあえなく夜に落下する。ベレー帽とともに。岩永は再び空を飛ぶ妖怪に体をつかまれ、そんなキリンを見送った。


落下したキリンは当然無傷で、崖の前で四本の足をたたんで座り、岩永に対し頭を垂れていた。岩永の後ろの左右には、九郎《くろう》と六花を従者然と立たせている。本来なら二人には片膝《かたひざ》をついてもっと岩永に仕えている格好をしてもらいたかったが、六花だけでなく九郎からも拒絶された。それでも恋人か、と一応怒鳴《どな》りはしたが、なるべく従者のようにはしてやるとは言ったので渋々《しぶしぶ》矛を収めた経緯がある。

周囲にはもともとこの山に棲んでいた化け物や妖怪、幽霊達が集まってキリンと岩永達をうかがっていた。今夜でキリンにまつわる難儀を片付けると伝えたので、それを見届けに来たのだろう。

「わかった。お前の骨は二度と人目につかないよう、しかるべく土に還《かえ》そう。土砂崩れに潰《つぶ》された社も跡形なく処理し、そんなものがあった気配すら消し去る。それでお前の気持ちが安らぐなら、周りの化け物達も手を貸してくれる」

岩永はキリン側からの嘆願をそう了承した。

空中で一撃を入れられ、地に落ちたキリンは改めて岩永に声をかけられるとすっかり従順に話を聞く姿勢になっていた。それから岩永は、お前を退治したり放逐したりするつもりはなく、この地で暮らす最低限の作法さえ守れば自由にしていい、願いもなるべく受け入れると対話を進めていく。

「人間への恨みを忘れろとは言わないが、晴らすのはほどほどにするように。どこであれ人間が変死するとその一帯は騒がしくなり、化け物達が暮らしにくくなる。目立たぬよう、少なくともこの山で狼藉《ろうぜき》を働くのはよしなさい」

キリンは頭を縦に動かす。草食動物らしい態度だ。

「では達者に暮らすといい。困ったことがあれば仲間を通してでも私に伝えてくれば、知恵の神として力になろう」

そして岩永は周囲の化け物達に早速指示を出した。

「ではお前達、このキリンの骨を回収して人の来ない場所に改めて埋葬し、社も完全に解体して跡形なく消すように」

化け物達は機嫌も上々に、おう、と受け、キリンとともに山奥へと向かっていった。放置したままの壊れた折りたたみ椅子とコーヒーの缶も回収せねばならないが、まだ後でいいだろう。

「キリンと戦わされると思っていたけれど、さして働かせなかったわね」

厄介事が片付いたと化け物達が陽気に去っていく背中を遠くに見ながら、六花が不平そうに言った。

「そんなにキリンと戦いたかったんですか？　なんと趣味の悪い」

「九郎には戦わせる気だったでしょう」

最初に相談が持ち込まれた時はそうだったが、他に有効なやり方があったので岩永自身が動いたのである。

「あなたや九郎先輩を使って痛い目に遭わせても、キリンが私に従順になるとは限りませんからね。キリンはネッキングによる勝敗で地位の上下を決めるそうですから、私が直接撲《なぐ》った方が話は早いと判断したんです」

なるべくキリンを傷つけずに降伏させたくもあった。九郎と六花は不死身だが、攻撃力は人並みだ。キリンを倒して白旗をあげさせるには時間がかかり過ぎるし、キリンも必要以上に傷つく。

「キリンが四人を崖から落としたのに達成感を得ていれば、私にも同じ襲い方をすると踏みました。それを利用すれば逆に崖から落とせそうです。かつて自分がやったことをやり返され、すかさず頭を痛打されたとなれば、キリンの自信も勢いもあったものじゃありません」

格の違いもわかろうというものだ。

「ただし準備は万全でも失敗する可能性はあります。そこで九郎先輩と六花さんの能力で、確実にキリンの心胆を寒からしめる未来を決定してもらったでしょう」

九郎がいつの間に拾っていたのかキリンと一緒に落下したベレー帽で岩永の頭をはたいた。

「失敗よりも方法の危険性をまず恐れろ。僕の心胆も寒くなるから」

「あれくらいで肝を冷やすとは、どんな気の小ささですか」

方法にさして危険性はなかったのだが、九郎は不死身の割にはそういうことを気にする。岩永としてはぎりぎりでキリンにステッキの一撃をかわされたり撲り損《そこ》ねる失敗の方が危惧《きぐ》された。

「ともかくキリンはすっかりしてやられた上、数日前に遭遇した禍々《まがまが》しく不死身の者が二人も現れ、私に恭しく従っているのも見るわけです。分をわきまえる心地にもなろうじゃあないですか」

物理的な力の行使は最低限に、後はどう心理的に優位に立つかである。あまり九郎の能力を便利に使い過ぎると、化け物達に岩永より九郎の方が実質的に頼りになりそうと思われかねなかったので、二人を後方支援だけにしておいたりもした。

岩永は九郎からベレー帽を受け取り、かぶり直す。

「これでキリンの亡霊の暴走は抑えられましたが、後は集団転落死事件ですね。これは丘町さんがうまく着地させてくれるのを待つしかありませんが」

まさに転落死した三人の青年が倒れていた崖の下で岩永は星空を見遣《みや》った。流れ星があっても事件の早期解決を祈る必要はないが、六花との暗闘はいい加減終わりにならないかとは願ってみたい。

六花がまた不平そうに尋《たず》ねてくる。

「あなたは本当に事件の解決を待っているの？」

「果報は寝て待てと言いますよ。六花さんも裏でこそこそ動いていないで、何もしないで待っているのもひとつの道では？」

待てば海路の日和あり、ということわざだってあるのだから。

するとと九郎が深いため息をついた。


「お前は寝てる間に化け物にさらわれて右眼《みぎめ》と左足を失ってるからな。説得力はないぞ」

昔の事を蒸《む》し返《かえ》す九郎に岩永はステッキで突きを入れてやった。キリンを鎮めたステッキだったが、九郎にはまるで通じず顔面をわしづかみにされて振り回された。


岩永達が山中のキリンを鎮め、その骨や社の処理をして再び密かにホテルに戻れたのは夜明け前で、さすがにそれから身支度を整えて午前中にチェックアウトというのは慌《あわ》ただしいため、当初からもう一泊する予定だった。

六花の今後の身の振り方をどうするかの話し合いはまだであったし、果たしてこれで六花がおとなしくなるかもまだ確定してはいない。今回の企《たくら》みが完全に不発に終わったからと、また姿をくらます危険性もなくはなかった。

山での事件が未解決なら警察による捜査を受けかねない行動になるが、岩永によって解決に向かっている。その段階で六花が消えても警察は注意を払わないだろう。奇《く》しくも岩永が逃げ道を作ってしまっているが、今回は周辺の化け物達に六花を見張らせてもいる。すぐに追いついて連れ戻せるだろう。

それらの事情から岩永はホテルで午後二時過ぎまで熟睡し、起き出しても優雅に過ごしていた。その時には九郎がすでにリビングスペースでパソコンを開き、大学院の論文がどうとか岩永の単位取得がまた滞っていて、と現実的なことを言ってきたが、こうしている間も講義を欠席しているのだから今さら焦っても仕方ない、と受け流しておいた。

六花がベッドルームから気鬱《きうつ》そうに出てきたのは午後五時を過ぎてからで、岩永もいきなり今後について問い詰めるのは避けた。

それからほどなく、午後六時過ぎ、刑事の甲本《こうもと》が岩永達のスイートルームにひとりで訪ねてきた。

「お嬢さん、本当にまだいるんだな。いったい何を企んでる?」

部屋に通された甲本は、ソファに座るなり岩永を正面にしてそう言った。

「どうして誰も彼も、私に対してそんな疑いを持つんでしょうね?」

もはや不当もはなはだしい扱いに岩永がそう申し立てると、隣に座る九郎が真顔で回答してくる。

「本当に企んでるからじゃないか?」

「六花さんならまだしもなぜ先輩がそう言う」

「お前をよく知ってるからだよ」

ただでさえ岩永に悪印象を持っていそうな甲本刑事の目がいっそう猜疑心《さいぎしん》溢《あふ》れるものに

なっている。

離れた場所にあるもうひとつのテーブルと椅子につき、ルームサービスで注文したサンドイッチを食べ、オレンジジュースを飲んでいる六花が話を本題へ移らせようとした。

「それで刑事さん、今日はおひとりでどういうご用件です？」

一時間前に起き出してシャワーを浴び、半日ぶりくらいの食事を摂《と》っているとは思えない楚々《そそ》とした六花の様子であったが、刑事の訪問を受けて食事を止めない神経はさすがである。

そういえば再会の時には刑事二人に挟まれてカツ丼《どん》を食べていたのだ。サンドイッチの方がまだ食べやすいかもしれない。けれどカツサンドだから似たようなものか。

甲本はそんな六花にも文句がありそうにはしたが、岩永に向き直ってしゃべり出した。

「山での事件、ほぼ解決した。明日の朝にはニュースでも流れるだろう。今日の昼前になって丘町冬司が記憶が戻ったと捜査員を呼び出し、洗いざらい語ってな」

「それは重畳《ちょうじょう》です」

岩永が幽霊を使って転落死の方法を伝えたのは昨日の明け方。そこから丘町は自分にとって最適、もしくは次善の内容をどうにか作り上げ、警察に披露してみせたのだろう。岩永の予想よりは少し早い。内容を慎重に吟味して語るかと測っていたのだが、自信があったのか、時間をかけるほど考え過ぎて不自然になりかねないとすぐに踏み出すのを選んだのか。

どちらであれ、捜査本部を納得させられたならば重畳である。

甲本は岩永の応答が気に食わない顔つきをした。

「お嬢さんが野江《のえ》に語った仮説が役に立たないでもなかった。だから義理を果たそうと報道より早く伝えにきた」

「あの思いつき、多少は合っていましたか」

岩永は意外がるふりをしてみせたが、丘町が幽霊から聞いた仮説を流用していれば当然多少は合っているだろう。

「ああ、概《おおむ》ねあの仮説通り丘町は語ったよ。崖の下からそれに使ったらしいものも発見できている」

六花と九郎が岩永を責めるみたいな視線を向けている気がしないでもないが、その工作に関してはすでに教えておいたはずである。

甲本がそこで指を一本立てた。

「ただお嬢さん、一点だけ大きな間違いを犯していたな」

「ほう、どのような？」

岩永は微笑《ほほえ》んでみせる。甲本の低い声は、みぞおちに拳《こぶし》を当ててくるようだった。

「皆を崖から落としたあの方法を実行したのは長塚彰《ながつかあきら》じゃない、丘町冬司だ。あの男こそ真犯人だ」

スイートルームの中にしばし静寂が落ち、やがて九郎が戸惑った声を出した。

「どういうことです？　犯人は長塚彰じゃなかったんですか？　殺人を自白する手記もありましたし」

岩永の仮説と大きく違う結論を甲本が述べたために、理解が追いついていないのだろう。六花もサンドイッチを食べる手を止めている。

岩永はここは黙って甲本から詳細を聞くのに徹した。

「あの手記は丘町の偽造だ。長塚彰に全責任を負わせるためにあらかじめ用意し、その荷物へ密かに入れておいたんだ。署名だけなら偽造は簡単という話をしていたろう？」

甲本は偽造に否定的だったが、そうと認めざるをえなくなったのだろう。九郎はそれでも混乱気味だ。

「待ってください、おかしくないですか？　丘町さんは崖の下に重傷で倒れているのを六花さんに助けてもらっています。あの人が犯人なら崖から一緒に落ちるような真似《まね》はしないでしょう？」

「いいか、丘町の計画はあの手記の内容とほとんど同じだったんだよ。動機もな。大和田《おおわだ》柊《ひいらぎ》を殺した罪を裁くために皆を殺し、自身の罪も同じく死によって償う。ただその行為の責任を長塚彰に押しつけるというくだりが上乗せされていただけだ」

甲本の説明に九郎は言葉を失っている。六花も黙っていた。

少しややこしくなるが、九郎と六花も真犯人を最初から丘町としていた。ただその殺人計画は皆を殺し、罪を長塚彰にかぶせ、自分だけが助かるというものを想定していた。その計画がキリンの亡霊によって実行前から破綻《はたん》させられたので、なるべく当初の目的に沿った状態に修正しようとしていた、と先程まで考えていたはずだ。

だから丘町が崖から一緒に落ちる殺害方法では整合性が取れなく思えるのだろう。

甲本は特段の反応を示さない岩永を見据えて重ねた。

「そうとすれば、お嬢さんの仮説の犯人を長塚彰から丘町冬司に変えても何ら支障は出ない。丘町は死後、三人もの人間を殺した汚名を負わないよう、長塚を犯人に仕立てる手記を用意しておいたんだ」

六花が椅子から立ち上がり、甲本の方に近づく。

「確かにそれでも辻褄《つじつま》が合うわね。でも彼は山で素直に私に助けられた。罪を償うつもりで一緒に落ちたなら、私の助けを拒絶したはず。もともと重傷の身で夜の山道を女性に支えられながら下りるというのが無謀だった。私に疑われずに拒否する言い訳はいくらでもある。なのに彼には生きる意志が強くあった」

その六花の鋭利で的確な指摘を、九郎も支援した。

「そうです。仲間の罠《わな》にかかりましたがこれも自業自得で放っておいてくださいとか、長塚彰に罪を負わせる形の言い訳もできたでしょう」

甲本は二人の反論をうるさそうに却下する。

「桜川《さくらがわ》さんはその大和田柊に似ていたんだろう？　丘町冬司はあの高さから落ちたのに即死せず、そこに想《おも》い人に似た女まで助けに来たんだぞ？　これは自分は助かってもいいという天の啓示、キリンの祟《たた》りからも大和田柊からも許されたのでは、と感じないか？」

岩永はこの辻褄合わせに微笑んでみせた。

「はい、偶然とは思えない奇跡の連続です。何かのお告げに思えますよ」

一瞬甲本が顔をしかめたが、意図を汲《く》み取《と》っているのまでは否定できないためかそれに沿った説明を続ける。

「皆殺しの方法にしても確実性が高いとは言えない。祟りによる後押しや運命といったものを信じてなければあんな殺し方は考えない。実際、丘町冬司はそう自白したよ。祟られた者ならこれで死ぬに違いないと」

「自白した？」

九郎が信じ難そうにするが、推理だけでは甲本もここまで揺るぎなく語れはしないだろう。

「そうだ。丘町冬司は記憶を失ったふりをし、しばらく状況を見極めようとしていたんだ。自分がこうして生き残る展開は当初考えていなかったため、準備不足で迂闊《うかつ》な供述をしないようにな」

丘町のこの自白には真実が多数含まれているため、警察が嘘《うそ》と見抜くのは至難だろう。警察にとって都合の良い内容であるならなおさらだ。

「丘町は全員無様《ぶざま》に崖から落ちるのを確信していたそうだ。連中、祟りのせいか起こる可能性の高い災《わざわ》いは必ず起こる、そんな巡り合わせが続いてもいたそうだ。なら死の罠があれば必ずそれにやられると信じられた」

キリンの祟りなど少なくともその時は存在しなかったので、それらは偶然に過ぎない。もしかすると丘町達は他に祟られそうな行いを気づかず犯していた、という可能性もないではないが。

九郎がまだ飲み込みづらいとばかりに問うた。

「なのに助かったから、丘町さんは許されたと感じたのですか？」

「そうだ。勝手極まりない理屈だがな」

九郎は岩永の顔色をうかがうようにした後、疑問点をさらに甲本にぶつける。

「ならどうして丘町さんは自白したんです？　岩永の仮説と同じに、長塚彰があの方法で皆を落としたと記憶が戻ったふりをして語れば、警察を十分納得させられたはずです」

「実際、野江がお嬢さんの仮説を捜査員の一部に語った時、ありえないという意見は少数派だった。裏付け捜査にすぐ人員が割《さ》かれもした」

言い種《ぐさ》からすると甲本は少数派だったのだろう。

「そこに丘町の自白だ。俺も驚いた。なぜ自白したかと尋ねたよ。丘町によれば、最初の計画では自分が被害者になることで、死後周囲から同情されたり、職場で自分をひどく扱った連中に少しでも罪悪感を抱かせたいと考えていたらしい。一種の意趣返しだな。殺人犯となれば周囲はいっそう自分を悪く言うだろう。死後までも誹謗《ひぼう》中傷されるのは嫌だったそうだ」

供述では職場でうまくいっておらず、それも祟りを感じる一因になったと言っていた。その連中に死後まで勝手に評されるのが不愉快というのはわからないでもない。

甲本は苦笑混じりにしゃべる。

「だが生き残ってみれば、大和田柊のために皆を断罪した手柄《てがら》を長塚彰に譲り渡したのでは、と気づいたんだそうだ。彼女のために心から悔《く》い、挺身《ていしん》したという栄誉を死後殺人犯と誹《そし》られるのを気にして愚かにも捨てたのでは、とな。確かに当初の計画通りなら、丘町は柊嬢を想う男に無様に殺された被害者のひとりだ。冷静に見れば格好が悪いな」

六花がその先の説明を、どこか冷たく語った。

「だから丘町さんは栄誉を取り戻すために殺人の自白を選んだと。大和田柊を最も想っていたのは自分であり、それゆえにこれだけのことができた。その主張の機会を与えられるために自分は崖の下では死ななかったのだと解釈した」

丘町を助けて山を下りる時、その心理と符合する遣《や》り取《と》りをしたのが六花の頭に浮かんだのかもしれない。

甲本は六花の察しの良さを讃《たた》えんばかりにする。揶揄《やゆ》が含まれていそうだったが。

「ああ、それが大和田柊の真の導きだとな。また長塚彰が柊嬢と付き合っていたのは長塚彰の思い込みで、これも訂正しておかねばならないと繰り返し言っていたよ。丘町は以前、長塚がそういうことを匂《にお》わせたのを聞いていて、犯人に仕立てるのにちょうどいいと手記にも利用したが、今となれば柊嬢の名誉のためにも否定すべきだと。これも俺らが惑わされた点だ。自分で偽造した手記の内容を自分で否定するとは考えにくかった。丘町が自白していなければ、長塚が犯人で終わっていたろうよ」

そして甲本は頭を億劫《おっくう》そうにかき、岩永を真っ直《ます》ぐ見つめた。

「これで事件は事実上解決だ。お嬢さんの仮説は間違ってはいたが、惜しいところまでは当てていた」

「間違いは間違いです。所詮《しょせん》素人考えでしたね」

岩永は謙虚に退いてみせる。警察としては素人の推理が完全に的中していれば面子《メンツ》が邪魔をしてかえってそれを疑いたくなったろうが、決定的に間違っている部分があるために、丘町の自白を受け入れやすくなってもいたろう。

六花が甲本に厳しい調子で訊《き》いた。

「丘町さんの自白が嘘かもしれないとの疑いは？」

「犯人でなければ知らない事実を知っていた。発見された手記が入っていた瓶《びん》の形状を報道にも伏せている。警察は丘町に手記のコピーを見せたが、どんな瓶に入っていたかは教えていない。報道にも伏せている。金属製の蓋《ふた》がついた、高さ六、七センチの市販の風邪薬が入っているようなガラス製の瓶だと」

甲本も一応疑ったのかもしれないが、その一点だけでも真実性は担保される。状況証拠もいくらかあり、自白もあり、抗議をしてきそうな関係者もいないとなれば、警察は多少の引っ掛かりを覚えても、これで事件の幕を引くと決定するに違いない。世間に注目されやすい事件だけに、早々に解決としたいといった事情も決定を手伝うはずだ。

六花は岩永をちらと見た後、甲本に尋ねた。

「それで丘町さんはどうなって？」

甲本は岩永を正視したまま、その問い掛けに答えた。

「あまりに素直に自白したんで見張りについていた連中は気を抜いていた。わずかな隙《すき》に窓から飛び出し、下に落ちて地面に叩《たた》きつけられた。七階からだ」

七階ならあの崖と同じくらいの高さになるだろうか。

六花が苛立《いらだ》った声で問う。

「足も骨折してる重傷だったんじゃ？」

「そこも油断のひとつだ。痛みを無視すれば短い間くらい動けなくもなかった。よく考えれば自白した時点で丘町は目的を達成している。当初の計画通り自殺するのはありえた」

これは警察として責任問題にもなるだろうが、いっそう丘町が犯人ではないという意見は採用されなくなったろう。警察の不手際で、犯人でもない人物を七階から落下させたとなれば、とてつもなく外聞が悪くなる。

「現在、丘町は意識不明の重体だ。今度は助からないだろうと見られている」

六花と九郎は目を見張ったが、岩永は素直に感心した。

「本懐を遂げられたわけですね」

事件は転落で始まったのだから、転落で結ぶのは構成美がある。落ちた高さもほぼ同じなら、なお美しい。

甲本は舌打ちこそしたが岩永の発言を咎《とが》めずに続けた。

「本部は自白を疑う気はない。よほど合わない物証でも出てこない限り、丘町冬司が犯人で決まりだ」

「でしょうね」

「だがな、お嬢さん。俺はどこか納得いかない。まるでこの結論に誘導されたみたいな嫌な感覚があるんだ。丘町はまるであやつられたみたいだと」

やはり勘働きの優れた刑事だ。事件全体のこまかな違和感を読み取っているのだろう。だがその多くはキリンの亡霊の犯行に起因している。経験豊富な刑事といえど、そこから真相を見破れはしない。

岩永は少しだけ愉快がってみせた。

「私が裏で何かやったとでも？」

「お嬢さん達はホテルを中心にのんびり過ごしていただけだな。不審な動きはまるでない。丘町と接触するのも不可能で、警察関係者以外でお嬢さん達を訪ねてきた者すらいない」

人間以外は多数訪ねてきており、あちこちに動かしたが、大抵の人間には見えなかったり隠れられたりするもの達なので、警察では岩永の策動を把握しきれない。

「私が何かしていたとして、事件はすでに解決されました。動機と方法が説明され、犯人の自白もあります。他に何が必要です？」

まだ証拠が要るというなら捏造《ねつぞう》しても構わないが、やらない方が無難《ぶなん》だろう。過ぎたるは及ばざるがごとしという教えもある。

甲本が怒りを思わす色を瞳《ひとみ》に浮かべた。

「そこに正義はあるのか？」

「誰の、何のための正義です？」

正義など立場次第でどうとでも変わる。丘町冬司にも彼なりの正義があり、それに則《のっと》って行動したはずだ。甲本の抱く正義がここにないからと暴《あば》れられても、子どもじゃないのだからわがままはよしましょう、と言うしかない。

甲本は岩永の本質的な問い掛けに答えず、六花を見た。

「あなたの言った通りだ。俺の目は節穴だったかもしれん」

六花は慰めの表出か、首を横に振った。事件の裏側の存在を勘づけたのだから、卑下する必要はないという意味か。

甲本は六花、九郎、岩永を一望し、呪詛《じゅそ》でも唱えたそうに言う。

「事件は終わった。もう俺が話を訊くこともないだろう。早くここから立ち去ってくれ」

「はい。明日には帰りますよ。九郎先輩が大学の単位を落とすなとうるさいですから」

岩永は正直かつ誠実に返したのだが、甲本は一転、気味の悪いものに出くわしたのにどうにか耐えるみたいな表情をした後、足早に部屋を出ていった。


甲本が帰った後、動揺した様子の九郎が岩永に尋ねてきた。

「どういうことだ？　お前は致命的なミスを犯したのか？」

刑事の野江に披露した仮説は長塚彰が犯人の設定になっていた。それが崩され、丘町冬司が自殺を試みたのだからミスと映ってもやむをえないだろう。

岩永は話が長くなりそうなのでソファから立ち上がり、室内に備えてある冷蔵庫からミネラルウォーターのペットボトルを取り出した。

「情報が圧倒的に不足していたんです、いくら私でも全てを見通せはしません。だから事件当事者の丘町さんに決着を任せたんです。私の仮説と違いはあってもミスではありませんよ」

致命的でも何でもない。手記にあるからキリンの祟りについては世に出るだろうが、事件は謎《なぞ》もなく説明され、キリンの亡霊があの山にいる事実は注目されなくなる。キリンの骨と社も化け物達によって片付けられるから、祟りの根拠も消失する。事件はじき忘れられ、ろくに思い出されもしなくなる。

岩永がミネラルウォーターをグラスに注いでいると、六花が目を細めて訊いてきた。

「全てを見通せないと言いながら、あなたは甲本刑事の報告に驚いていなかったわね？」

「見通せずとも想定はできます。何の想定もなしに偽の解決だけ放り込むほど、私は軽率じゃありませんよ」

最もありえると想定していた仮説と真相が合致していれば、岩永が驚く理由はない。

「いったい山で何があったんだ？　丘町冬司は何を計画していた？」

九郎が岩永の真意を測りかねるとばかりに呟《つぶや》く。

「私が指摘した二つの疑問点から答えは導けます。なぜ六花さんは殺されねばならなかったか。なぜ手記は瓶に入っていたか。どうやら六花さん、本当に丘町さんから何も聞いていなかったようですね？」

六花は椅子に座り、腕を組んだ。

「私が真相を知っていればそれを隠そうという反応が生まれ、それだけでもあなたに手掛かりを与えかねない。だから私は何も知らないでおき、その上で真実を語るのを最善とした」

「はい、最善です。ただ自分が殺された情報は伏せるべきだったかもしれませんよ。ひどく混乱させられる事実ではありましたが、最終的には重要な手掛かりとなりました」

わずかに頰《ほお》を歪《ゆが》ませた六花を横目に、岩永はグラスを手にソファに座り直す。

「事件の真相はそう複雑ではありません。何もかも丘町さんが計画したと解釈するからわかりづらくなっていたんです。あの瓶詰めの手記、長塚彰の荷物から発見され、瓶と紙にその人の指紋が付き、署名もあったんですから、長塚彰が書いて用意したものと考えれば良かったんです」

刑事達も手記が偽造された可能性は低いとみなしていた。

「手記が瓶詰めなのに、その発見の経緯や事件の結果はそれが出てくる有名な海外の推理小説と違っている。けれど長塚彰があの手記通り皆を殺すつもりで山に入り、殺した後に瓶を山中の沢に流し、自殺するつもりだったなら、その推理小説と合います。誰もいなくなっています。ゆえに瓶詰めの手記は、長塚彰本人が用意したと考えるべきです」

瓶詰めの手記が丘町による偽造とするから合わなかった。そこから長塚彰が殺人を計画していたという事実を導き出せたのだ。

「長塚彰が考えていた殺害方法は皆で崖から落ちるなんてものではなく、夜中、眠っている仲間をナイフで殺害したり、隙を見て手早くやるといったものだったでしょう。ひと晩のうちにやってしまえば他の仲間に気づかれたり逃げられたりする前に行えもしたでしょう。キリンの亡霊の邪魔がなければ成功の可能性は高い」

ここまでは九郎も理解したようだが、その先はまだ見えていないらしい。

「では丘町さんは今回の事件においてどういう役割を果たしたんだ？」

岩永はミネラルウォーターをひと口飲む。

「丘町さんは長塚彰の計画に気づき、それを自分のものにしようとしていたんです」

「自分のものにする？」

真相の全貌《ぜんぼう》を短くまとめたはずだが、九郎はまだ要領を得られないようだ。六花も黙っているので、岩永は丁寧な説明を始めた。

「先程刑事さんから聞いた丘町さんの自白内容にもあったでしょう。大和田柊への挺身と悔いを表す栄誉を長塚彰に渡すのは愚かだと。その前の供述でも、長塚彰から一方的に断罪される嫌悪感を表明していました。丘町冬司は自分こそ大和田柊を最も想い、正しく行動したという栄誉を得るために、長塚彰の計画より先に皆を殺そうとしていた。長塚彰に栄誉を奪わせまいとしていた」

供述は真実に基づくがゆえに警察は信用しやすかったろう。嘘が混じっていても、根本が本当であれば筋は通りやすい。言葉にも真実性が宿るというものだ。

「そして丘町さんも皆を殺して自殺するつもりだったでしょう。その際にはなぜそうしたかを綴《つづ》った文書を残す予定だったと思います。それがなければ自分の挺身は世に認められませんから。長塚彰と違って前もって用意しなかったのは、山ではまだ決行すべきかどうか迷っていたからかもしれません。皆を殺した後の方がより真意を伝えられる文章を書けると考えたからかもしれません。ひょっとしたらあの山に入ってから長塚彰の計画に初めて気づいたとも推測できます」

「どうやって彼は長塚彰の計画に気づいたというの？」

六花がすかさず問うてくる。

「丘町さんも以前から柊さんへの償いに皆を殺して自殺するのが一番と考えていた。だから長塚彰のちょっとした言動に自分と同じ思考を感じ取ったのではないでしょうか。同じ計画を立てていれば同じ発想の言動をしたりもしそうでしょう。勘づきやすくもなります。特に長塚彰はあの山で皆殺しを予定していた。じき皆を殺すからと、ついそれを予感させる発言をもらした可能性もあります。それだけでは確信できずとも、丘町さんがその可能性があると思えば、長塚彰に先を越されかねないとの焦りも生じます」

気づくきっかけはそれこそ無数に考えられる。非常にご都合主義なケースを挙げれば、長塚彰が殺人計画を呟いているのを丘町が立ち聞きしたでも構わない。

すると六花が苛立たしそうに拳を口許《くちもと》に当てた。

「『破滅するにもどう破滅するかは自分で選びたい』。丘町さんは山を下りる時、私にそう言った。手記の中にも『どう破滅するかを自分で選ぶくらいはできるだろう』という一文があった」

「なるほど。同じ発想の言葉ですね。同じ思考をしていれば、殺人計画に基づいた言葉と取れてしまいます。丘町さんは長塚さんがその言葉を山の中で口にするのを実際に聞き、彼が自分と同じ考えで同じく皆殺しを狙《ねら》っていると疑ったのかもしれません」

その点では六花の方が真実に近かったが、閃《ひらめ》きはなかったのだろうか。いや、逆だったのかもしれない。

「六花さんは手記に丘町さんと同じ言葉があると気づいていたから、手記が彼による偽造と思い込んだのでしょう。けれどそれは全く違う手掛かりにもなりましたね」

皮肉のつもりはなかったが、そう聞こえたとすれば不可抗力だ。

「長塚彰があの山で殺人を計画していたために、丘町冬司もあの山で皆を殺すように動くしかなかったのか？」

九郎の確認に岩永は肯《うなず》く。

「はい。ところがあの夜、四人はキリンの亡霊という異常な存在に襲われ、三人は死に、丘町さんは重傷を負った。本来なら丘町さんもそこで亡くなったでしょうが、六花さんというこれまた異常な存在によって助かることになった」

本当に起こったことと、起こそうとしていたことがそこで混ざり合い、真実が見えづらくなった。起こそうとしていたことが二種類あったのもその一因だ。

「ここで長塚彰が瓶詰めの手記を用意していなければただの転落事故で済んだかもしれません。けれど手記があったために幻となるはずだった二つの計画殺人が表に出ざるをえなかったんです」

長塚彰の計画と丘町冬司の計画。どちらも同じ発想で行われようとしていたために、いっそう分けづらくもなっている。

「六花さんが丘町さんを助けていなければ、方法はわからずとも長塚彰が皆を殺したのだろう、という解釈で事件はほとんど終わっていました。けれど丘町さんが助かったがゆえに事件のねじれは加速します。彼が六花さんを殺したという事実を私達が知り、彼も皆殺しを計画していたと気づけてしまったんです」

六花が不死身でなければ生じなかった謎であり、状況である。

「助けられた丘町さんは大和田柊への挺身の栄誉を手にするため、最初から警察には皆を殺したと嘘の自白をする気だったでしょう。不可解な転落死とはいえ、皆をうまく崖に誘導して突き落とした、で通らなくもありません。状況と大きな矛盾がなければ自白を素直に受け入れてくれるとも算段できます。この段階では状況の詳細がわからなければ軽々に自白できない、という緊張感はあっても、それほど焦りはなかったでしょう」

岩永はグラスの中の水を揺らす。

「そこに長塚彰の手記が発見され、丘町さんは一気に苦しい立場になりました。長塚彰が犯人であっても筋は通ります。手記がある分、そちらに栄誉が転びそうです。手記を丘町さんが偽造したと言えば内容を否定できますが、長塚彰に罪をかぶせようとしておいて自白するというのは不自然過ぎる。そこを解決できたとしても、丘町さんは現実的に皆を殺す方法をきちんと説明できない。なら手記を超える説得力は持たせられません。これでは自白しようがないでしょう」

丘町にすれば病院でろくに眠れなかったろう。病室に見張りとして置いていた幽霊や化け物からもそう報告されている。

「そこに私が皆を崖から落とす現実的な方法を投げ入れました。丘町さんはそれをつかまないではいられなかったでしょう。そして方法さえあれば他の説明はどうにかならないでもない。殺害動機は真実を話せば通ります、手記を偽造した理由や六花さんに素直に助けられた理由も必死に考えて辻褄を合わせたのでしょう」

病室に送り込んだ幽霊に、いくらかヒントになりそうな発言をさせておいたが、丘町は期待通りの虚構を築いてくれた。

「警察がそれを信じてくれれば後は当初の計画通り、自殺すれば決着です」

生きていれば警察から自白内容をしつこく確認され、嘘の部分に気づかれるかもしれない。不利な証拠が現れ、説明に窮するかもしれない。それを避けるためにも、丘町冬司は早いうちに決着させようとしたろう。

グラスの中の水が空になったのを見計らってか、九郎が新しいペットボトルをテーブルに置いた。

「ではなぜ丘町冬司は皆を殺す前に六花さんを殺したんだ？」

なぜか固い表情で九郎にそう尋ねられる。

「その理由こそが丘町さんの行動原理を類推する大きな手掛かりでした」

岩永はちょっと自慢する気分になったので、敢《あ》えてもってまわった答え方をしてみる。

「もし長塚彰が大和田柊への挺身のために皆を殺そうとしていると丘町さんが疑っていなければ、六花さんを殺していなかったでしょう。また山では皆を殺すのをやめた可能性さえあります」

「どういうことだ？」

「丘町さんは皆を殺し、自殺するつもりだった。自殺を省くわけにはいきません。皆の罪を一方的に断罪して、自分だけ生き残るなんて身勝手過ぎるでしょう。大和田柊への挺身として画竜点睛《がりょうてんせい》を欠きます。しかし六花さんを殺さずに自殺すればどうなります？」

「……六花さんが皆の死体を発見するかもしれないな」

九郎の予測はまずまず正しい。

「はい。それで六花さんが警察に通報すれば第一発見者として聴取を受けるでしょう。たとえ六花さんが死体を発見せず、何ヵ月も先になってから四人の死体が見つかっても、それを知った六花さんは名乗り出て証言するかもしれません。最後に会った人間になりますから、証言の必要を感じそうです。面倒がってしないかもしれませんが、おそれは十分にあります。そして六花さんは警察で、長塚彰が大和田柊の恋人だと話していた、と証言するかもしれません。そこにいた皆も否定しなかったとまで言うかもしれません」

これで九郎も気づいたようだ。六花も睫毛《まつげ》を震わせた。

「そうなれば丘町さんが自殺する際、どれほど大和田柊への愛と挺身を綴った文書を残そうと、彼は恋人のいる女性に横恋慕し、祟りという妄想を募《つの》らせて皆を殺した男になりかねません」

画竜点睛を欠くどころか、全て台無しになりかねない。

「丘町さんにすれば耐えられない評価ですね。もともと妄想をこじらせたような動機なんです、柊さんに恋人がいたという情報が加わるだけで身勝手さが格段に増してしまいます。だからその憂《うれ》いを払うために、危険を冒しても六花さんを殺し、口を封じねばならなかった。昔から予定外の殺人を行う代表的な理由は、余計な証言をされないためと決まっていますよ」

推理小説でも、計画ではひとりを殺すだけだったのに犯行途中で都合の悪い事実を知られたり目撃されたりで、他の人間を次々雪だるま式に殺しまくらねばならなくなったという内容のものがある。

「実際、生還した丘町さんは長塚彰が柊さんの恋人だったというのを繰り返し否定しています。自殺する前にも警察に証言していますね。柊さんの名誉のためにもと。またそれが丘町さんが自分が一度殺した六花さんに頼ってまで生還しようとした理由です」

「私の証言内容を否定するために、彼はどうしても死ねなかったと?」

六花はどこか腹立たしそうに訊いてきた。

「丘町さんは殺したはずの六花さんが生きているのにいくつもの意味で焦ったでしょうね。六花さんが死んでいれば彼も崖の下でおとなしく目を閉じられたかもしれません。挺身を主張する文書は残せずとも、まだあきらめがついたでしょう。けれど柊さんにとって不名誉で、自身としても世間に事実と思われるのが許容しがたい不都合な証言をする人物が生きていた上に不死身なんです。何としてもその証言を自分の口で否定しなければと誓ったでしょう」

長塚彰と大和田柊が恋人同士だったかどうかは不明だ。真実だったかもしれないし、丘町の主張通り長塚彰の虚言だったかもしれない。

「山を下りる時、六花さんに口止めを頼む選択もありますが、怪しげな不死身の女に自分の弱味を教えるのは抵抗があるでしょう。後でどう利用されるかしれません。その手は取れませんよ」

他にもなるべく嘘や隠し事を減らした方が警察の聴取で疑いを招きにくいという判断もあったかもしれない。

九郎がまだ悩む顔をしている。

「丘町さんは長塚彰が何も計画していなければ、山での皆殺しはやめたのか？」

「六花さんというイレギュラーがあったんです、別の機会に殺す方が吉と仕切り直した可能性はあります。死の直前に会ったから六花さんの証言に重みが生じるわけで、違う時と場所で同じ顔ぶれが亡くなっても、証言が必要とは思われないでしょう。社に参れば祟りが祓《はら》われるかもしれないんです、その結果を待ってから殺すのもありかもしれないという迷いもあったかもしれません」

そうでなかったかもしれない。あくまで推測だ。

「けれど長塚彰に先を越されるという焦りがあるために山で皆を殺さないわけにはいかず、六花さんの口も早々に封じなければならなかった。六花さんとは暗くなる前に別行動になっていて、時間が経《た》てばどこに移動するかわかりません。皆を殺した後に殺そうとしても見つけられない可能性が高い。だから本命である皆殺しの前に、予定外の殺人を行わざるをえなかったんです」

とはいえ山での殺人を先延ばしにする気になって六花を殺さないでいてもキリンの亡霊には襲われたろうから、結果的には大差はなかったかもしれない。

「このように六花さんを殺す必然性から口封じが推測され、なぜ口封じが必要かを推理すればその行動原理も類推できるというわけです」

九郎はまだ納得がいかない、岩永の考察に不備があるのを願うみたいにこまかい点を突いてくる。

「だが六花さんは丘町さんの想う柊さんに似ていたというんだろう？　柊さんへの挺身にこだわる彼が、似た女性をそれくらいで殺せるのか？」

「丘町さんは六花さんを柊さんに似ていなくもないと言っています。自白の時には辻褄合わせのためによく似ているという方向に証言し直したようですが、そこは嘘でしょう。それほど柊さんを想っていれば、少々雰囲気が似ている女に惑ったりしません。他の女で代替できるくらいの想いで、何人も殺そうと決意されてはたまりませんよ」

少々の類似などかえって目障《めざわ》りで憎たらしいくらいの感情であってほしいものだ。

六花が渋々といった雰囲気で補足してくる。

「そうね。丘町さんと長塚さんは、さして似ているとは言わなかったわね」

そうすると大和田柊は六花に似ているからろくな女ではない、と断じたのは謝らないといけないだろう。柊さん、申し訳ない。

九郎がまだ疑問があるのか重ねてくる。

「キリンの亡霊に襲われた時、長塚彰も丘町冬司も崖へ逃げているな。二人ともキリンの祟りを受け入れ、自殺するつもりであったなら、じたばたせずにキリンに殺されるという気にならなかったんだろうか？」

いくら祟りを受け入れていても、いきなりキリンに蹴《け》り殺されるのは怖いだろう。反射的に逃げそうであるが、またできの悪いコメディ映画と言われそうなので岩永は物理的な側面から説明してみる。

「高い樹木が周囲に立つ中にキリンが現れても全身は見えません、特徴的な首はほとんど隠れています。襲ってきたのがキリンとは開けた場所に出るまでわからなかったでしょう。夜中、正体不明のものに襲われれば、自殺する気の人でも逃げ出しますって。破滅の仕方を自分で選びたがっていれば特に」

六花によれば、丘町は最初キリンに襲われたとわからなかったと言っていたそうでもある。岩永も深夜の山中でキリンを間近で見たが、キリンと認識するのに一定の間が必要だった。キリンが現れると知っていてもそうだったのだ。

岩永は再びミネラルウォーターで満たしたグラスを干し、まとめる。

「これが真相でしょう。全ての辻褄が合っており、全ての説明を可能にします」

少々合っていなくとも問題が解決されるなら岩永としては不満はない。

六花が岩永の正面に立とうとする。

「あなたは丘町さんの病室に幽霊や化け物の見張りを置いていたはず。そこまで事件の構図を見抜きながら、なぜそのもの達に自殺を防がせる指示をしておかなかったの？」

「なぜそんな指示が必要です？　この結果は丘町さんの希望通り、彼の本懐です。その邪魔をする方が無粋《ぶすい》じゃあないですか」

「ではなぜ彼は、長塚彰の手記の入った瓶の形状を知っていたの？」

「集団転落死の仕組みを幽霊に説明させる際、形状について混ぜさせておきました。自白の信用度を高める材料になればと。私が調べさせて瓶の詳細はわかっていましたから。幽霊を信用してうまく使ってくれたようです」

六花も言ったが荒技である。いつも通り、警察の調査資料は岩永もある程度幽霊や化け物達を使って入手できていた。丘町の供述をまるごとＩＣレコーダーに録《と》らせるのと同じくらい難しくはない作業だ。

「正直言えば今回の事件、際どかったですよ。警察が本気で動いている大量殺人です、それを収束させる嘘の解決を信じさせるのはたやすくありません。真相を見抜き損ね、布石を不足させた状態で仮説を提示しても、あの甲本という刑事を筆頭に合意は得られなかったでしょう」

最悪、オランウータンに暴れてもらわないといけないくらい追い詰められたかもしれない。それはそれで化け物達からも、大丈夫ですか、と心配されかねなかった。

「その意味では六花さん、いい事件を用意しました。私が致命的なミスをする陥穽《かんせい》がいくつもありましたよ」

六花はにこりともせず冷ややかに点頭した。

「私が殺されていることによって事件が複雑化しても、解決を早めるとは予想外だった」

「私を出し抜けはしません。そして真実をないがしろに嘘を語ったりもしませんよ」

本当に真実の当てもなく丘町に殺人の仕掛けだけ教えて後は任せる、という手法を取っていれば、丘町の自白は穴の多いものになったかもしれない。となれば警察を納得させられず、事件を収束させる千載一遇の機会を逸《いっ》したかもしれない。

一度自白が疑われた後では何を言っても信用度は落ちてしまう。また岩永も丘町が自白したと心構えもなく聞かされていればうろたえてしまい、六花に隙を与えて崩されたかもしれない。

岩永は六花に手の内をさらすようにしながらも、裏でいくつも別の手を動かしていた。

その時、携帯電話の着信音が部屋の中に鳴り響く。九郎の携帯電話だ。マナーモードにし忘れたのだろう。ポケットから取り出し、耳に当てている。

「はい、桜川《さくらがわ》九郎です。……はい、そうですか。わかりました。そう伝えます」

短い遣り取りで九郎は通話を切り、六花と岩永を等しく見て悼むように言った。

「さっきの刑事さんから、丘町冬司が息を引き取ったと」

助からないだろうと聞いていたが、今日の夜も越えられなかったか。

六花が目を閉じ、頭をかいた。岩永も少しの間丘町へ黙禱《もくとう》を捧《ささ》げ、それからひとつ伸びをする。

「これで完全に収束しましたね。事件もキリンも、もはや追及しようがないでしょう」

キリンの亡霊について語れる者はひとりでも少ないに越したことはない。全くもって収束は重畳である。

岩永は切り替え、今日の夕食は何にしたものかと考える。この県の名物はそばだという。近くにその専門店でもあれば行ってみたいところだ。

六花がゆらりと、岩永の前に立ちはだかるみたいにして見下ろしてきた。

「琴子さん、あなたはキリンへの処置、事件への推察、何ひとつミスをしていない。常人なら踏み外しそうな所も非情に、抜け目なく通ってみせた」

褒めているのか、それとも負け惜しみか、六花に誇らしげな部分はいっさいなく、尖《とが》った声音で言ってくる。

「けれどあなたはひとつだけ大きなミスをした」

「何です？」

全てが理想的に収束したのに大きなミスとはどういった謎かけやら。

岩永は六花が錯乱したのでなければいいが、とちょっと気遣《きづか》わしくなったが、六花は変わらぬ調子で続けてくる。

「あなたは私が助けた人を殺した」

「人聞きの悪い。当人の望みをかなえただけでしょう。神様らしく」

化け物達の知恵の神なので人間の願いは基本受けつけないが、そうやって自殺幇助《ほうじょ》といった難癖《なんくせ》をつけられてもあきれるしかない。

「けれどあなたは秩序のために丘町冬司を見殺しにした。死への道を掃き清め、彼を自殺へと導いた」

「その解釈は否定しませんし、どうとでも思ってください。私は気にしないので」

丘町は自身がどう破滅するか自身で決めたのである。岩永が導いたと言っても、死ぬ気のなかった者を死へ誘ってはいない。さすがにそれは悪辣《あくらつ》だ。彼が死ぬに当たって障害となりそうなものを取り除いたのを人倫にもとるというのは一理なくもないが、もともと岩永は化け物達の知恵の神である。人倫を押しつけられても困る。

六花は苦笑らしきものを口許にたたえた。

「あなたは気にしないでしょうね。けれど九郎もそうと思う？」

「なぜ九郎先輩の話になるんです？」

岩永はこの論理のすり替えじみた言葉に少しぽかんとした。岩永はいつも通りにやるべきことをやっただけだ。そのいつも通りの正しい手順と結果に九郎が今さら文句をつけるはずもない。

九郎に目を遣《や》ると、岩永と六花のどちらかを止めるべきかと迷うような、妙な表情をしていた。

六花は正面に座り、岩永を直視する。

「事件において私は負けたでしょう。でもあなたから譲歩を引き出せるだけの材料は手にした」

岩永はもう一度気を引き締め直した。六花はまだ何か企んでいる。もはや効果的な手などないはずだが、見苦しい悪あがきと軽んじるのも礼を失しているだろう。

六花は白刃を抜いて構えるがごとき迫力で言った。

「今後について話し合いましょうか、琴子さん？」

岩永が九郎に声をかけようとすると、六花が先に片手を挙げた。

「九郎、少し部屋を出ていてくれる？　琴子さんと二人で話したいから。大丈夫、彼女に指一本触れたりしない」

六花が虚勢を張っているとは見えないが、勝算があるとも思えない。

岩永としても二人で話す方が早そうだし、九郎が六花の肩を持つとややこしいので、その意見には大いに賛成した。

「私も構いません。六花さんも先輩がいては土下座して謝罪とかしづらいでしょうし」

「私はあなたには死んでもしないって」

「そもそも死なない人が何を言っています」

レトリックの矛盾を指摘していると、九郎が逡巡《しゅんじゅん》を見せながらも首を振って足をドアの方に向ける。

「わかりました。六花さん、あなたの意図もおそらく」

「そう。ならどちらが勝つかもわかるでしょう？」

「それはわかりませんよ」

二人だけがわかり合っているのかわかり合っていないのか、岩永からするとむかっ腹が立つ遣り取りをして九郎は部屋から出ていった。

岩永は空になったグラスにミネラルウォーターを満たしながら、六花に尋ねる。

「さて六花さん、私にどう譲歩を求めるんです？」

取引や交渉の材料が六花にはありそうもない。岩永は儀礼的に、興味本位半分で接したが、六花は六花で急に緊張を解いたような、余裕のある姿勢になって笑みを浮かべる。

「ねえ、あなたはここまで来てもまだ怖くないの？」

「何がです？」

「自分が将来、九郎を殺すに違いないことが」

岩永はちょっと考えた。この人は何を言っているのやら。

「先輩は殺しても死なないでしょう。そりゃあ時々殺してやりたくはなりますが。以前も私の誕生日を完全に無視したりとか」

九郎が態度を改めれば殺してやりたいとも思わないのだから、岩永が責められるいわれはない。

六花は冷静に重ねる。

「そうじゃない。私と九郎はそもそも秩序に反した存在。あなた自身がそう言った。なら秩序を守る者であるあなたは、私達を根本的に許容できない」

六花に対し、秩序に干渉できるなんて存在自体が秩序に反したところもあると言いはした。なら同じ能力を持つ九郎も秩序に反しているという理屈は正しい。

「鋼人七瀬《こうじんななせ》の時、あなたは有無を言わせず私の企みを阻止し、それを消滅させた。鋼人七瀬だけでは秩序を破壊するとはまだ決まっていないのに、いずれ破壊を導きかねないからそうした。違う？」

「ええ、そうですね」

「今回の事件にしても、秩序の破壊を未然に防ぐため早々に介入し、手段を選ばず収束させた」

「ええ、当然です」

岩永は全て自明なので即座に肯いた。そんな質問を今さらしてくるのが不思議だ。

六花はできの悪い生徒に対するみたいに言う。

「秩序を破壊する可能性がある。それだけであなたは対象の排除に動く。秩序の番人なら当然ではある。ならいずれ九郎や私にそれを適用しないとは言い切れない。いえ、必ず適用する。あなたが私達を看過できないとみなすか、反撃されない機会を見つければ。あなたは私達を排除できる時を虎視眈々《こしたんたん》と狙っているとも言える」

岩永はグラスを取っている手を止めた。どうも釈然としない。六花は何を言いたいのか。何をもって岩永を包囲し、優位を得ようとしているのか。

「私と九郎は死なないとはいえ、百年やそこらまるで活動できなくするのは可能でしょう。それを繰り返していれば、事実上私達は殺されたも同じになる。もしくは完全に息の根を止める方法をあなたは考え出すかもしれない。それが秩序を守ることになるのだから」

活動を封じる方法は岩永もいくつか腹案があるし、その上でそれをやるのは面倒だなあ、お金もかかるなあ、とうんざりもしていた。

「あなたは私達を必ず殺す。あなたはそれが怖くないの？」

岩永はしばしぽかんとし、あきれ返って手を振る。どうも大きな誤解がある。六花は岩永をどんな非道な存在に仕立てたいのか。

「いやいや、九郎先輩は私の恋人ですし、六花さんもその従姉なんですから、いきなりそんな苛烈《かれつ》なことはしないって言ったでしょう。私にだって情はあるわけで」

「あなたにはない。秩序を守るにおいてあなたは非情。今回の事件のあなたの処置に情を感じる者はいない」

そうだったろうか。岩永は反論しようとする。

「いえ、でも」

「なら音無《おとなし》会長の件ではどうだったかしら。伝え聞いた会長の現状から、あなたが情のある対処をしたとは思えない。秩序を守れる範囲ではあなたも情らしきものを見せるかもしれない。けれど秩序に関われればあなたは妥協しない。妥協できるはずがない」

六花は笑みを浮かべたまま岩永の周りに論理の刃を突き立てていく。

「あなたはいずれ九郎を殺す。機会があればいっさいの苦悩も、躊躇《ちゅうちょ》も、後悔も、涙もなく。あなたは秩序を守るため化け物達に選ばれた機構であり、そんな情を必要としていない。殺した後、何事もなかったように変わらない日常に戻る」

全く六花は岩永の人間性をどう評価しているのか。最近の人工知能だってそこまで非情ではないだろう。

しかし理屈としては隙がなく聞こえる。ううむと岩永は少し困った。

「そのことに九郎が気づいていないと思う？　私が助けた人をあっさり死なせるあなたに、九郎がいい加減恐怖を抱かないと思う？」

これには岩永は明確に反論できる。

「九郎先輩が私を恐怖するって、私の顔面をつかんで振り回すような人ですよ。こちらの機嫌を取ろうともせず、むしろ私の方がそのありように恐怖してますよ」

六花の余裕がちょっと後退した。人畜無害そうな従弟の方が横暴なのに詰まらざるをえないのだろう。論理と事実が齟齬《そご》を起こせば論理が間違っているのである。解釈の仕方次第かもしれないが、岩永の方がこの場合は正しい。

六花は癪《しゃく》に障《さわ》ったみたいな表情になった後、攻め方を変えてきた。

「ではいつまで九郎はあなたのそばにあると思う？」

「何が言いたいんです？」

「あなたは必然的に九郎を失う。九郎を殺す。あなたはその真実からいつまで目を背け続けるつもり？」

六花は今回のキリンの事件で、岩永が関係者を自殺させる未来を想定していたのだろうか。その未来を密かに決定していたのか。だがそれは決定されずとも岩永が必ず行ったことでもある。六花はただ岩永がいつも通りの正しさで進めばいいと、事件に引き込んだだけなのか。

不意に直感される。これは罠だ。岩永が知恵の神であり、おひいさまである限りかわしようのない罠だ。これまで六花が関わった事件を岩永は完全に収束させてきたが、それが毒のように効いてくるとは。

そこで思い直す。どうもおかしい。

これを罠と言えるのか。岩永にとってどんな支障があろうか。秩序の維持を適切に行っているのだから問題などないではないか。たとえ九郎を殺したとしても。

岩永は一瞬不安に囚《とら》われたが、すぐに笑った。

「六花さんこそ何を恐れているんです？」

「あなたは恐れないの、自分が九郎を殺すのを？　この理屈をあなたが理解できないはずがない。理解できないなら、それをあなたは恐れるべき」

「何を恐れろというんです？　秩序を守る行為なら、どんなことでも恐れを感じるわけがないでしょう」

岩永は半《なか》ば反射的に、揺るがず、声高に返した。六花は鷹揚《おうよう》に肯く。

「そうね。ではあなたは本当に怖くないの？　恋人を殺してもまるで気にしそうにない自分を。怖くないというありようの自分を」

怖くない。岩永は自分が正しい選択をし、正しい結果を導くのを知っている。怖くなる理由がない。だから震えてもいない。

いや、それはおかしくないか。

岩永は嫌な汗が浮かぶのを感じた。

「もしあなたにまだ人間性があるというなら、私の言葉を真摯《しんし》に聞きなさい」

六花が教え諭《さと》すように言う。

「あなたが九郎を殺さないで済む方法は二つ。ひとつは私達を普通の人間に戻す方法を見つけるのに協力すること。私達が能力を失えば、秩序に干渉したりはできない」

「怪異を怪異でなくする方法自体、秩序に反するおそれがありますよ。それは全ての化け物や妖怪を駆逐《くちく》する方法かもしれないんです」

論外である。そんな方法があるとしても、岩永はそれを封じる側に立たねばならない。

「ならもうひとつ。私を自由にしておくこと。私という存在の暴走を止めるためには同じ力を持つ九郎が有用。あなたの秩序を守る役割に、九郎は必然となる。だから殺さないで済む。これまでと同じく」

「あなたという危険を野放しにしろと？　それこそ秩序に対し矛盾します」

「ええ、けれど九郎ひとりしか秩序を壊せる力を持つ者がいなければ、とうにあなたはその存在を許容せず、排除していたでしょう。しかし私がいるために、あなたの理《ことわり》は九郎の利用価値を見出《みいだ》し、殺すのを猶予している」

まるで損得勘定で岩永が九郎を恋人にしているかのような言い種だが、岩永は否定を声にできなかった。理屈としては完全に六花の方が正しい。

「私があなたの味方となっていないため、私達はまだ存在していられるとも言える」

岩永は我知らず息を詰めていた。苦しさを覚えて慌てて呼吸を再開し、ミネラルウォーターを飲み干す。おかしい。六花に十分な反論ができない。

岩永はしばし動悸《どうき》を落ち着かせるのに時間を使った後、六花に向き直った。

「あなたは私に何を求めているんです？」

「私と九郎の人としての平穏な暮らしを」

「すでにやり口が平穏じゃあないでしょうが」

「これまで数え切れないほど死んだのだから、私の人間性に問題も出るでしょう」

「開き直ってますね」

そうにらんでみせたが六花は涼しげに笑う。

「あなたは私に譲歩してくれるの？　このままなら私はあなたへの対立姿勢は崩さない。ならあなたは私を封じるしかない。そうすればあなたは九郎も封じるしかない。あなたは知恵の神としてひとりでその先を生きることになる」

そして優雅に、かつ憐《あわ》れむように続けた。

「大丈夫。あなたはそれも恐れない。ひとりでも平気。あのキリンを倒すにも何ら恐れず、私達の力も大して当てにせず、やるべきことをやれてしまうのだから」

なぜ憐れまれねばならないのか。ひとりで平気なのは当然だ。九郎と出会う前から知恵の神として奔走していたのであり、九郎の協力があれば少々楽ができるくらいである。問題ない。秩序から半分外れた六花に対し譲歩する方が問題があるのではないか。

もしあなたにまだ人間性というものがあるのなら。

岩永はどうにか言葉をしぼり出した。

「いいでしょう、あなたと九郎先輩だけを人間に戻す方法がないか、探すというのはどうです？　それなら秩序を破壊せず、二人の問題も解決できます。いえ、秩序を正すという意味では適切な行為です」

「そんな方法があるの？　あなた得意の虚構ではなく？」

「だから考えて探しますよ。未来決定能力のある者が二人もいるんです、協力すれば二倍となる力を利用して方法を導き出せるかもしれません」

「つまりあなたは私の味方をしてくれると？」

面白そうに六花が問う。岩永はそこは否定した。

「別に味方をするわけじゃありません。秩序の維持、秩序の回復のためにはその方が効率的と判断しただけです」

「それだといつ気が変わったあなたに殺されるかわかったものじゃない。私を油断させる虚構の説明とも取れる。私と九郎、二人が協力して、あなた抜きでやった方が安全そう。九郎と私が組めば、何年かはあなたを出し抜いて活動できるでしょうし」

六花は嘆かわしいとばかりわざとらしく首を横に振った。

「九郎は鈍《にぶ》いから、あなたが自分を殺しかねないとまだ気づいていないのでしょう。けれどこの遣り取りを聞けばさすがにあなたと別れてくれるかもしれないわね」

言いながら六花は上着のポケットからICレコーダーを取り出した。岩永が丘町の供述を聞くのに使用したものだ。いつの間にか自分の手元に置いていたらしい。

岩永は意識せず言っていた。

「私を脅すつもりですか？」

「これがなぜあなたへの脅しになるの？　九郎を殺すのを恐れはしないのに？」

六花はICレコーダーを惜しげもなく岩永の傍らに放り投げて転がす。その通り、理屈としてそんなものは脅しにならない。岩永は秩序のために粛々《しゅくしゅく》とやるべきことをやる存在なのだから。

だが脅しにならないのがまずい気がした。言い様のない不安が泡立《あわだ》った。

ここで退かないと何かとてつもないものを失う気がした。

岩永は長い思考の後、肺が空になるほど息を吐く。

「わかりました。あなたに味方します。九郎先輩や六花さんを手段選ばず排除するなんて方法より、二人を元の人間に戻す方が化け物達からも信頼されるでしょう。知恵の神があまり苛烈なことばかり行っていてはイメージも悪いですし、距離を置きたがるものも出かねません」

これは虚構の説明ではない。自分を騙《だま》すための理屈ではない。

六花は肩をすくめた。

「いいわ、その建前で良しとしましょう。化け物達にも私の味方をする理由としてそう広く伝えなさい。それなら簡単には反故《ほご》にできないでしょう。化け物達に信頼されるために私の味方になっておいてすぐ裏切ったのでは、あなたの沽券《こけん》に関わるでしょうから」

「ええ、わかりましたよ。すぐに伝えましょう」

岩永は苦々しくそう返すしかなかった。

話し合いが終わったというメールを九郎に打ち、その後、戻ってきた何の悩みもなさそうな彼に、岩永は心底不本意な感情を露《あら》わにして結論だけを告げた。

「話し合った結果、六花さんと協力して九郎先輩ともどもその能力を失わせる方法を探すことにしました」

九郎はほんのわずかだけ驚きの反応を見せたが、すぐ六花に対して問うた。

「どんな魔法を使ったんです？」

「人としての道を説いただけよ」

六花は何事もなかったごとく、九郎が買ってきたカップのアイスクリームにスプーンを挿入して食べている。今回もメールに買ってくるよう付け足しておいたのだ。

夕食がまだだが、まず甘いものでも食べないとやってられない気分だったのだ。それにしても岩永の分だけ買ってくるよう指示していたのに、六花の分も欠かさないのだからこの男は抜けているのか抜けていないのか、わかったものではない。

その九郎が偉そうに岩永に言ってくる。

「岩永、お前が人の道に流されてどうする」

「もともと私が人の道を外れているとでも言いますかっ」

ストロベリーのアイスをすくいながら岩永は抗議した。どこまでも九郎は岩永を悪く捉《とら》えているらしい。

九郎は怪訝《けげん》そうに首を傾《かし》げる。

「だがお前は神様だろう?」

神なら人の道に流されるものではない。理屈の上では六花同様、九郎が正しい。正しいのがこの場合、忌々《いまいま》しかった。

「何事も理屈通りにはいかないんですよっ」

テーブルに置きっぱなしのペットボトルを九郎の頭にぶつけたが、痛がられるわけもない。九郎は絨毯《じゅうたん》の上に転がったペットボトルを拾い、ひとり納得したように上を見た。

「そうか。お前にもまだ人間性があったのか」

「なぜ残念そうに言う。人の気も知らず」

人間性がそもそも欠如していると思っていたらしき発言に岩永はまた手近なものを投げてやろうとしたが、はたと気づいた。

「九郎先輩、六花さんが私に何を語ったか、察しがついてるんですか?」

知らず背筋がひやりとした。なぜひやりとするかは考えたくなかったが、察しがついていないよう頭の片隅《かたすみ》で祈っていた。

九郎は大真面目《まじめ》な顔で断言する。

「ついてないが絶対ろくでもない内容だろう。だから敢えて察しないようにしている」

やはりこの男は鈍いというか、妙な危機回避能力はあるというか。いや、恋人に対し無関心だからそう断言できるのかもしれない。それはそれで不愉快である。つまり全て九郎が悪いのだ。

　岩永がそう自己正当化をしていると、六花がアイスクリームを口に運んでほとほと疲れたというようにする。

「察してくれていればもっと私は楽できたのだけれど」

　九郎は苦笑でその発言を受け流しているが、察していれば九郎はとうに岩永を捨て、六花の味方になっていたろうか。そして岩永を蚊帳《かや》の外にし、二人で人間に戻る方法を探し、とうに普通の人間に戻れていたろうか。

　六花はそして満足げに九郎に言う。

「では九郎、これから三人、仲良くやりましょう」

　九郎は岩永と六花をそれぞれ見、次に深い深いため息をついて六花に向いた。

「とりあえず六花さん、定職につきましょうか。能力を捨てるなら競馬とかで荒稼ぎはできませんよ。ちゃんと就職しないと」

　これに六花がしばし口をつぐみ、最終的に目を逸《そ》らした。

「でも私、この歳《とし》でろくに働いたことはないし、履歴書に書ける資格や学歴もないし」

「僕もじき大学院を修了します、真面目に就職活動しましょう。資格はこれからでも取れますし、岩永に頭を下げればいい職を紹介してくれるかもしれませんよ」

確かに六花のそろそろ三十路《みそじ》に近い年齢で職歴も資格もなければ就職先には困りそうだ。岩永の家の関連で勤め先はいくつもあるから、紹介はできる。その点では岩永の方が六花より遥《はる》かに立場が強そうだ。

六花がものすごく小さくなって九郎に訴えている。涙目に見えなくもない。

「琴子さんに頭を下げろって、私が彼女に勝ったのがそんなに気に食わないの？」

「人の道を説いてるだけです」

九郎がとても正論を言っている。労働は尊い。まさに人の道である。

そうか、こういう攻め方があったかと岩永は膝《ひざ》を打つ思いだった。完全に劣勢に追い込まれた六花が背を向けて部屋の隅《すみ》に行き、すねたようにアイスクリームを食べている。勝敗が決した形である。

やはり六花の方が間違いが多いのだ。岩永は気分が良くなり、いい気味だとその姿を見ていたが、九郎が隣に座ってこんなことを尋ねてくる。

「岩永。お前は僕がこの能力を失ってもいいのか？」

「いいも悪いも、もともと存在すべき力じゃあないんですよ。ない方が秩序にかなっています。知恵の神としての活動も困りませんよ」

そこで大きな失念を自覚した。

「九郎先輩はくだんと人魚の力を失いたくないんですか？」

六花は人間に戻るのにこだわっているが、九郎からはどうなのか、しかと聞いていないかもしれない。慣れてしまえば不死身で未来を決定できる力は便利で特別で、失いたくないと欲を出すのもありえるのだ。それは危険な発想でもある。

一瞬緊張した岩永に、九郎はどうでもよさそうに答えた。

「前にも話したな。古事記において、イワナガヒメとともにある者は不死身となる。なら不死身でなくなれば、イワナガヒメとは離れたことを意味するだろうな」

いつかそんな喩《たと》えを持ち出したのを岩永も憶《おぼ》えているが、神話においてぶさいくの代詞ともなるイワナガヒメと岩永を照応させる感覚がどうかしていると怒った記憶もある。またそんな神話の姫に恋人をなぞらえるかと、岩永は不機嫌に切って捨てた。

「何を言っているかわかりませんよ」

「うん、僕もわかっていないようだ」

九郎はからからと笑う。この男はいったい何を匂わせたかったのだろう。

どうあれ岩永が秩序を守る者であるのには変わりない。

この世には妖怪、あやかし、怪異、物《もの》の怪《け》、魔、幽霊、そう呼ばれるものが当たり前にいる。理外の理があり、無理と道理も両立している。

でも恐れる必要はない。全てには秩序がある。

岩永はただそれを守る。必要とあれば合理的な虚構を、真実を超える虚構も築こう。虚実のあわいにこの世を守ろう。何を失おうともそうするのが岩永の役目だ。

だが失わない方法があるのなら、それを選んでも構わないのでは。それが虚構に過ぎなくとも、真実を超える虚構ならば、すがっても間違いでない。もし間違いであれば岩永は知恵の神として認められず、いずれこの世の理から滅ぼされるだけ。

ふと思考に闇が差す気配があった時、九郎ののんきな言葉が耳に入った。

「岩永、お前はいつも正しい。これからもそうあればいいだけだ。健《すこ》やかなる時も、病める時も」

岩永は今まさに病んで寝込みたい気分である。この期に及んでも九郎はこちらの苦労を知らないでいる。

むかっ腹が立ったので、岩永は胸を張った。

「ええ、そうです。私は正しい。九郎先輩も覚悟してください」

何を覚悟しろとは言わず、勝手に察すればいいとした。岩永も明確には語れはしない。

六花こそ加わったが、秩序は守られている。何ら問題ない。

岩永はそう自身に言い聞かせ、アイスクリームを口に入れながら左眼《ひだりめ》を閉じた。

第五章　知恵なす者の悪夢

桜川六花《さくらがわりっか》はスイートルームのソファに腰を下ろし、テーブルに置いたボトルを手にして赤い中身をグラスに注いだ。背もたれに体重を預け、ようやく一段落つけたとそのワインを口にする。

ここしばらくまるでしなかった味がする。岩永《いわなが》に当座の譲歩をさせただけで、まだ六花と九郎《くろう》が普通の人間に戻る方法が見つかったわけでもなく、岩永が二人をどうあっても排除すべきと決断すれば、今度は交渉の余地なくそうされるだろう。

いつそちらへ転んでもおかしくはない。六花と九郎が秩序から外れた存在なのは否定できないのだ。とはいえ執行猶予の言質《げんち》を取れた。それだけでなく、岩永からの積極的な協力も約束できたのだから勝利は勝利だった。

何年もかけて準備し、未来決定能力を惜しまず使ったにしてはささやかな勝利かもしれないが、現状ではこれ以上望めまい。

午後十一時を過ぎていた。岩永はアイスクリームを食べて落ち着いたかに見えたが、ルームサービスで頼んだ肉が中心の夕食をやけ気味に食べ散らかすとそのまま寝入ってしまった。その彼女を九郎がさも当然とばかり抱き上げてベッドルームに運んでいたが、本当にあの娘はどこでもよく眠る。

九郎によると岩永は日頃から知恵の神として心身ともに大きな負担をかけている分、緊張が途切れるとすぐに休息を取るべく睡眠に落ちるのだそうだ。

今回、岩永はキリンの亡霊の事件の混乱を収束させるのに知恵を巡らせ、ようやく終わらせたというところで最後、六花に足をつかまれた。それは心身ともに過大なストレスがかかり、事が済めば意識を失いたくもなるだろう。

六花にすれば岩永以上にストレスを感じながら今日を迎えたつもりではある。できる範囲で自身に有利な未来を事前に決定しておいたが、勝利を確定させるまではできなかった。あの娘はたとえ六花が九分九厘優勢でも、流れを変えてくるおそれが十分にあった。ずっと冷や汗をかいていたのだ。不死身だから胃に穴があく前に修復され、肉体的な疲労もすぐ回復しているだけで、精神的には相当に参っている。

「よく岩永に譲歩をさせましたね」

ベッドルームから戻ってきた九郎がそう声をかけてきた。眠り込んで人形同然になった岩永をベッドに放り出すだけならさして手間でもなかったろうに、随分時間が経過しているところからして、ちゃんと彼女を着替えさせ、体を冷やさないよう気遣《きづか》ってから戻ってきたらしい。岩永はそういう配慮もまるで意に介さないというのに、ご苦労なことである。

六花はうんざりと返す。

「九郎が協力してくれていたら、もっと楽に譲歩させられたのだけど」

この従弟がもう少し六花の意図を汲《く》み、岩永と距離を置くなり、力を貸すのを控《ひか》えるなりしてくれていれば、他《ほか》に勝ち目の高い道に追い込む方法があったのではと思わないでもない。先程もそう言いはしたが、九郎の察しの悪さが不利にばかり働いた。

九郎は肩をすくめ、六花の向かいのソファに座りながら答える。

「そう単純でもないでしょう。そうしていたら岩永はとうに僕らを問答無用で殺していたかもしれませんよ」

「だとしても、それとなく私のフォローをしたりとかはできたでしょう」

「なぜ間違っている側の六花さんのフォローをしないといけないんですか」

ひどく情のないことを言われた気がした六花だが、ふと引っ掛かった。姿勢を正して問い直す。

「九郎、このままだといずれ私達が琴子さんに否応《いやおう》なく殺されるとわかっているの?」

岩永は六花だけでなく、不可避的に九郎を殺す立場にあるとわかっていなければ、問答無用で殺していたとは言えないはずだ。

九郎はさらりと肯《うなず》く。

「論理的に考えてその未来しかないでしょう」

何を今さらと言いたげだ。昨日今日ではなく、おそらく何年も前から、岩永と近しくなった頃からそうとわかっていたとしか考えられない肯定の仕方だ。

六花は愕然《がくぜん》と重ねる。

「そうと承知で、琴子さんのそばに居続けているの？」

「そばにいないと岩永の方が先に死にかねませんから。今回のキリンの亡霊をはじめ、妖《よう》怪《かい》や化け物達のトラブルを収め続けるのが安全なわけがありません。岩永がいつその中で重傷を負い、死に至ってもおかしくないでしょう」

「それはそうだけど」

その上、岩永は自分の身の安全に関してまるで無頓着《むとんちゃく》だ。命がいくつあっても足らないだろうといった行動も目に付く。

九郎は面倒そうに言う。

「物理的な危険だけではなく、岩永はトラブルの解決に頭も酷使しています。実在する怪異を時に存在しないと言いくるめ、各所で問題が起こらないよう、あらゆる事象を調整する説明を用意するなんて作業を繰り返して、その神経に異常な負荷がかからないわけがありません。寿命を確実に削っていますよ」

睡眠で疲労やダメージが回復すると言っても限界はある。回復が間に合わず、どこかで神経が焼き切れたり、血管が負荷に耐えかねて破れるかもしれない。岩永が小さい体のままなのは、すでにそれらに耐えかね、成長を滞らせている影響とも取れる。

「だから九郎がなるべく物理的な危険から彼女を守り、また未来決定能力を使って心身への負担も減らしていると？」

「僕は不死身の上に事象の成功率まで操作できますからね」

九郎が盾となれば、岩永に向く暴力や障害をかなりの部分、はね返せるだろう。起こりえる未来をある程度確実に決定できるなら、岩永がトラブルを解決する際に使える方策も楽なものを選べる。少なくとも戦略を立てる上で失敗を織り込む必要がなくなれば、それだけ思考も打つ手も簡略化できる。また成功する未来が決定されているなら、どう転ぶかわからない結果を不安を抱《かか》えながら待つといった心理的な重圧も相当に軽減される。どちらも岩永への負担を減らす効果があるだろう。

「その割にあなた、あの娘の頼みをけっこう断ったりしてなかった？」

六花も一度ならず岩永からそういう愚痴《ぐち》を聞かされ、九郎の代わりに頼みを引き受けた経験もある。

九郎は苦笑した。

「どんな頼みでも引き受けていると、僕の能力を前提とした強引な手段で問題を解決しようとするんですよ。それだと素早くトラブルを処理できはしますけど、岩永にも自然、大きな負荷がかかるわけで」

「処理速度を優先して、敢《あ》えて強引な方策を取ろうとすると？」

不死身で未来を決定できる従者を自由に使えれば、打てる策は増える。それには負荷が少なく楽ができる策もあれば、負荷は大きくとも処理が素早く済む策もあるだろう。そして普通ならリスクが高過ぎて選択できない、複雑で厄介な後者の策を取りやすくもなる。九郎にすれば前者を選んでほしいのに、後者を取られれば逆効果だ。

「トラブルを手早く解決して余った時間でゆっくり休むというならまだ構わないんですが、むしろ休まず次の相談を受けて自身への負担を増やすので、ほどほどに頼みを断らないと悪循環になるんです」

「睡眠時間が増えて帳尻《ちょうじり》が合ったりしないの？」

「岩永はやたらと昼寝や長時間睡眠をしている印象ですが、その分、不眠不休で怪異に対処する期間が発生しているだけで、睡眠時間を年単位で合計すれば、平均的な人間を下回っていますよ」

規則正しい生活をしていれば所構わず昼寝をしたり、丸一日眠っていたりといった真似《まね》はしないというのもひとつの理屈だ。

「琴子さんは知恵の神だから、化け物達の相談を多くこなすのを優先し、早く解決できるなら自身への負担をまるで考慮しないのね」

それを抑制させるため、九郎は意図して岩永の頼みを適当な理由をつけて断っていたと。九郎が岩永を大事にしているのはわかっていたが、そこまで気を配っていたとまでは考えが及んでいなかった。

そして岩永がそういう九郎の配慮を全く理解していないだろうことも即座にわかった。彼女にとっては知恵の神としての責務を果たすのが至上で、協力を怠る九郎は不実としか映らないだろう。

「琴子さんはそんな自分が九郎を殺すことになる自覚はまるでなかった。あなたでさえ気がついていたのに」

九郎は愉快そうに笑う。

「それはそうでしょう。神様にとってはほんの些事《さじ》で、そうする必然性が生じれば考えるっていう感じだったんじゃないですか。僕らだって確実に来る老後のことはそんな意識せず、差し迫ってから慌てるなんてあるでしょう」

言いたいことはわかるが、あまり適切な喩《たと》えではない。

「ちゃんと老後に備えている人はいるし、不死身の私達に限っては老後と言えるものが来るかもわからないから。あと琴子さんも私を殺す可能性は考えていたでしょう」

「僕は一応岩永の管理下にありますが、秩序に干渉する能力を使って好き勝手する六花さ従弟からかなり悪い評価を受けているみたいなので、好き勝手ではなく切実な欲求に基づき正当な権利を行使していただけと主張する。

「私はただ普通の人間に戻りたいだけで、それに琴子さんが協力するどころか邪魔をしてくるのが目に見えていたから独自に動いただけでね」

「それにしても手段をもう少し選ぶべきですよ」

九郎は穏《おだ》やかだが批判がましく返し、それから続けた。

「けれど岩永が僕を殺すのをためらって、僕らを人間に戻すなんて不確実な方法を探す道を選ぶ可能性は低いと思っていたんですが。あれで案外人間性があったんですね」

そうならなかったらお互い窮地に立たされていたというのに、まるで他人事《ひとごと》を感心する言《い》い種《ぐさ》だ。

六花はこの従弟はまだどこか認識が不足していないかと質《ただ》してみる。

「私達二人を殺すより、そちらの方がまだ手間がかからないと判断したくなる状況を作ったつもりだから。あの娘にあなたへの執着が少しでもあれば、こちらに有利に働くと思えた。神であっても元は人間だから、完全には非情になりきれないはずだと」

そうは言っても賭《か》けではあった。親類縁者なら岩永はきっと迷わず切り捨てたろう。天秤《てんびん》に載せられたのが九郎だから、勝ち目がかろうじてあったはずだ。

その九郎は疑わしげに手を振る。

「あれは執着と言うより、僕が自分の思い通りになりそうでならないので意地になっているだけと思いますけど。その状態で僕を切り捨てると負けたみたいになるのが悔《くや》しいから六花さんに譲歩したとも考えられます。たぶん僕が岩永に従順で常に恋人らしく振る舞っていたらとうに飽きて、六花さんの交渉の時も、もうややこしいから二人揃《そろ》って始末しよう、という判断をしてたはずですよ」

身も蓋《ふた》もない分析だが、説得力はあった。

六花はつい岩永の肩を持ってしまう。

「あなたの琴子さんへの評価、ひどくない？　彼女はあなたに一目惚《ひとめぼ》れして今日まで来たんだから、そんな変な意地で判断はしないでしょう」

「その一目惚れというのも怪しいもので。あれは吊《つ》り橋《ばし》効果の一種だと思いますよ」

九郎はあっさり、それこそ切って捨ててくる。

吊り橋効果とは、揺れる吊り橋といった興奮や緊張、動揺を感じる状態で異性と接触した際、その吊り橋から受けている心理状態を恋愛感情によるものだと錯覚し、相手に好意を抱くといった効果だ。別に吊り橋でなくとも、興奮や緊張が生じる場所なら同様の効果が得られるという。

「そんな吊り橋みたいな状況で琴子さんと出会ってはいないでしょう。そもそもあの娘が外的要因で心を乱したりするとは思えないけど」

日常では妖怪変化《ようかいへんげ》に囲まれ、昨夜もひとり巨大なキリンの亡霊に追われながら崖《がけ》を飛び出し、平然としていた知恵の神だ。波打つ吊り橋の上にいても慌てはしないだろう。

九郎は真顔で答える。

「僕は人魚とくだんが混じった化け物からしても異形《いぎょう》の、秩序を破壊しかねない怪物なんですよ？　そんな僕といきなり出会ったんです、秩序を守る岩永の立場からすれば正体がわからなくとも直感的に動揺するでしょう。その心の乱れを恋愛感情と勘違いして、それが持続されているだけと考える方が理にかなってます」

「それは、恋愛は錯覚から始まるという話もあるにはあるけど」

では岩永琴子の恋愛感情は虚構という結論になる。彼女がその嘘《うそ》で自身を騙《だま》しているがゆえに、六花は勝ちを拾えたと。

「岩永はあれで人間的な欲求もあるみたいですから、恋愛への憧《あこが》れもあるんでしょう。けれどこの世に神と付き合える人間なんてそうはいません。そこで僕は相手として適当ではあります。秩序を守る者として孤独にならざるをえない彼女の、ちょっとした娯楽といった具合ですかね」

九郎の割り切り方はどこか達観して、朗《ほが》らかさえある。

「ならあなたは、いつでも琴子さんに切り捨てられかねない存在ね」

「そんなものでいいでしょう。それに僕はこのままで構いません。普通の人間に戻れば岩永を守る力を失うわけですし、彼女のそばにはいられないでしょう。まあ、いたくとも岩永は普通の人間の僕には興味をなくしそうですが」

確かに特別な要素を失った九郎に、岩永が執着するとも思えない。執着したとしても普通の人間になった九郎が岩永の役に立つわけもなく、そばにいても妖怪達のトラブルに巻き込まれ、普通に命を落とすだけだ。

イワナガヒメとともにあるには不死の身でなければいけない。本来はイワナガヒメとともにあるから不死となるのだが、この場合、理屈が逆になる。

近くで見ていれば、九郎が岩永を大事にしているのがわかる。手ひどく扱っているようで、九郎は彼女に対して遠慮や気後れはなく、率直に接しているのがわかる。岩永の両親でさえ、彼女には触れるのもためらう雰囲気があるというのに。

なのになぜ、岩永自身がその九郎からの愛情が不足しているとしばしば腹を立てているのか六花はこれまで理解し難かったが、ようやく辻褄《つじつま》が合った気がした。

岩永琴子は人の愛情というものをまるで実感できないのではないか。それこそ錯覚から生じた理想の恋や愛のイメージしか持ち合わせていないため、本物の真心を向けられてもまるで受容できないのではないか。

「九郎、あなたは普通の人間に戻りたくないの？」

岩永を第一にするなら、九郎が現状維持を望むのもわかる。岩永を協力関係に持ち込めたのに、これでは九郎が抵抗勢力となりかねない。

「現状は間違っています、修正できるなら修正した方がいいとは思っていますよ」

抵抗こそしないが、諸手《もろて》を挙げて歓迎とまではいかないとも取れる。

「戻れなければあなたを愛しているか極めて怪しい琴子さんに殺される未来しかないにしては、のんきな言い種ね？」

「死なない生き物はいませんよ」

「でもベニクラゲは」

「あれは若返れるだけで死ぬ時は死にます」

六花もそれは知っている。

九郎は悲愴《ひそう》感もなく、鈍《にぶ》くて平凡で影の薄い、いつもと変わらぬ様子をしていた。九郎ならばそんな選択をすると六花は納得できるところもあるが、そうする意味があるのだろうかとは思う。

九郎は爆弾を抱えているのも同じだ。いや、ただの爆弾なら捨てれば済む。離れれば被害を逃れられる。これは致命傷を与える地雷を踏んだのと同じなのだ。逃げようとしても足を上げただけで至近距離で爆発する。踏んだ時点で、ほぼ身動きできない。

やはり岩永琴子は、六花と九郎にとって逃れられない災厄だった。

六花はワインの入ったグラスをテーブルに置いた。

「どうして琴子さんと付き合うようになったの？　最初のうちは相当避けていたと聞いたけど」

岩永から、九郎と恋人関係になるまでどれほど苦心したか何度か聞かされたことがある。従弟の恋愛の機微など詮索《せんさく》しないに越したことはないが、後学のために確かめておきたくなった。

はぐらかすかと思ったが、九郎はさほど考える間も取らず返事をする。

「夢を見るようになったんですよ」

「琴子さんの？」

「はい」

「夢に出てくるのはその人が好きな証拠なんて言い伝えもあるけど、そんなことで意識するようになったと？」

何とも安っぽい理由だとあきれかけたが、九郎はこう訂正した。

「いえ、夢に出てくる岩永は決まって死体で」

六花がまばたきしたのに合わせてか、九郎は補足する。

「その岩永の死体は必ず地面に仰向《あおむ》けで倒れ、義足も義眼も外れてそばに転がり、雨に打たれているんですよ。そういう夢を何度も見るようになって」

六花は最もありそうな説を唱えてみた。

「あの娘が夢をあやつれる妖怪でも枕元《まくらもと》に送り込んで、そんな罪悪感を起こさせそうな夢を見させたとか？」

「そんな妖怪がいれば岩永はいかがわしい夢を見させてきますよ」

「そう断言するのもどうかと思うけど、一理はある」

九郎は笑った。

「これは僕が持つくだんの未来視の能力が、いずれ現実になる光景を夢で見せているとしか思えないんですよ」

「ただの悪夢でしょう」

「だといいんですが。今も時々、同じ夢を見ますよ」

悪夢だからといって現実と符合しないわけではない。岩永琴子が九郎なしで知恵の神として活動するなら、遅かれ早かれ訪れる未来ではあるだろう。さらに岩永はそうと知っても、恬然《てんぜん》と知恵の神であり続けるだろう。

そしてこの現実が悪夢そのものと、六花には思えなくもない。

九郎は自分でもそこは論理的でないのが心苦しいという風に頭をかいた。

「だからどうだというわけではないんですが、そう予感して放っておくわけにもいかないでしょう」

「普通の人間に戻ればそんな夢は見なくなるわよ。そして琴子さんとも縁が切れる」

「かもしれません。でもほどなく、僕の知らない所で岩永は夢と同じに命を落とすのでしょう」

やはりこれは悪い夢だ。九郎と六花は人魚とくだんを食べることによって秩序から外れてしまった。それはまったくもって悪夢のような身の上だが、岩永琴子の秩序を守らねばならないという義務もまた悪い夢なのだ。

考えてみれば岩永は知恵の神という、最初から使い潰《つぶ》されるも同然の身とされた。役目を体現すべく死への恐怖を持たず、秩序のためには親しい者すら殺すのをためらわず、その身を労《いたわ》りもしない。そしていずれ心身が役目に耐えきれず壊れる。そうなればすぐ代わりが用意され、前任者は顧みられない。何よりそうであることが正しいときている。

これを悪夢の中の出来事と言わず何と言おう。六花や九郎より、よほど助けが必要なのではないか。

さらにこの知恵の神にされるという夢は死ぬまで覚めないだろう。もし岩永が生きて知恵の神の役目から解放されたとしても、別の誰かがその役目を負わされ、犠牲となる。誰かに犠牲を押しつけた重さに耐えてその後の人生を平穏に過ごせるだろうか。神としてこれまで行ってきた非情な過去への悔《く》いに苛《さいな》まれないだろうか。それらもまた悪い夢となって降りかかる。

だから九郎は、たとえ自分が殺されようとも、岩永を少しでも長く、面白おかしく生きられるようにしたいのだろうか。

だとすれば六花は、こう言わないではいられなかった。

「琴子さんは錯覚ではなくあなたを大切に思っているでしょう。でなければ自分があなたを殺すかもしれない未来を恐れはしない。自分があなたを殺す存在だとあなたに知られるのを恐れはしない。私に頭を下げたりはせず、神様らしく私を断罪したはず」

少なくとも六花はそうと予測したから今回の交渉に持ち込んだのだ。嘘や錯覚の感情しか持たない者を守るのに九郎が献身しているというのも受け入れ難い。

けれど九郎は苦笑を浮かべてその仮説を却下する。

「嘘や錯覚の方がいいんですよ。そうでないのに岩永は僕を失う未来しか選べないというのは面白い結論ではないでしょう」

九郎と六花が普通の人間に戻れないなら、岩永はいずれ二人を殺さねばならない。普通の人間に戻れれば、岩永は九郎をそばに置くことはできない。どちらでも岩永は九郎を失う。岩永の感情が本物なら、その時どうなるだろう。岩永にとっては嘘や錯覚であった方がまだましにも思える。

だから九郎はそう言うのか。たとえ事実と違っていても、そう願うのか。

もしかすると岩永が九郎を殺す未来を想像できなかったのも、たとえ九郎を人間に戻しても失うしかない未来にいまだ気づけていないのも、その救いのなさに耐えられないため、無意識のうちに避けているからかもしれない。

六花はこの不死の身を悪《あ》しきものと思い、それを解消する方法を探してきた。現状が正しいわけがなく、人間に戻れるなら手段を選ばないのも許容できると考えていた。だから岩永を譲歩させるのに、彼女の一番弱い所を攻めるのにも罪悪感などなかった。けれど岩永もまた無自覚ながら苛まれる身であるのも認めざるをえない。なら岩永を追い詰め、頭を下げさせた六花の正しさはどれくらいだろう。今さらながら後味の悪さが湧《わ》いてこなくもない。

「九郎が琴子さんに、自分はお前に殺される覚悟がある、と言っていれば、私は勝てなかったでしょうね。つまり少しは、私に配慮してくれていたの？」

九郎がそこまで岩永を思っていると彼女が知っていれば、何も恐れず、譲歩する必然性はなかったろう。そう考えれば、最初から九郎が勝敗を左右する鍵《かぎ》を握っていたとなる。この従弟は何も気づかぬふりをして、六花と岩永を陰からあやつっていたとも言えそうだ。最後の最後、六花に勝ち目を残してくれていたのは、喜ぶべきことか。

しかし六花と岩永を向こうに回し、ここまで真意を隠しながら全てを守り通すのは、この従弟にとって大変だったろう。

するとと九郎は真顔で、

「いえ、言ったところで岩永が本気にするとも思えなかっただけですよ」

と本気か冗談かわからぬ調子で言い、ソファから立ち上がって棚からグラスを取ってくるとワインボトルを手にして中身を注ぐ。

確かにあの岩永が九郎の真面目《まじめ》な愛の言葉を信じる様子はまるで頭に描けない。甘い言葉で騙そうとしてもそうはいかない、とステッキを振り回す姿の方が目に浮かぶ。

「それはそれで九郎の日頃の行いのせいかとも思うけど」

別の考え方次第では、九郎が岩永に確実に伝わる愛情表現をろくにしていなかったため、先程の交渉の際、若干六花に不利な流れになりそうにもなった。やはり九郎は全て計算の上でバランスを取っていたのかもしれない。

六花は九郎についてよく知っているつもりであったし、ここで知らされたことを意外とまでは思わない。九郎らしいとは思う。けれどとうに九郎が岩永のものになっていたと再認識させられるのも面白くはなかった。

九郎はワインを口にして、業務連絡みたいに言う。

「最悪、六花さんだけでも人間に戻れる未来は作りますよ。ええ、そこは心配しないでください」

「それであなたはどうなるの?」

「まあ、なるようになるでしょう」

本当に何も考えていないように聞こえる、自身に関心を持たない返事だ。だからその方が六花が心配するとわからないのか。もしかするとわかってやっているのかもしれない。どちらであれ結論は同じだろう。

「何だか私や琴子さんより、あなたがよほど悪い人間に思えてきたわね」

「ひどいことを言いますね。そんな存在この世にいませんよ」

九郎は心外とばかりに言うが、暗に六花と岩永が悪人の頂点を争っているとの評価らしい。六花は返す言葉を探したが、どうにも徒労になりそうであきらめ、ただワインを飲む。

前途は多難だ。うまくいっても、誰かが何かを失う。秩序は守られても、守りたいものは守れないかもしれない。

だからせめて、その時まで良い日が多いように。たとえ悪い夢の中だとしても。

六花は息をつき、ひとまず両目を閉じた。

主要参考文献

『人魚の動物民俗誌』　吉岡郁夫　新書館　一九九八
『キリン解剖記』　郡司芽久　ナツメ社　二〇一九

本書は月刊少年マガジンコミックス
『虚構推理』の原作として書き下ろされた。

〈著者紹介〉
城平 京（しろだいら・きょう）
第８回鮎川哲也賞最終候補作『名探偵に薔薇を』（創元推理文庫）でデビュー。漫画原作者として『スパイラル』『絶園のテンペスト』『天賀井さんは案外ふつう』を「月刊少年ガンガン」にて連載。2012年『虚構推理　鋼人七瀬』（講談社ノベルス／講談社タイガ）で、第12回本格ミステリ大賞を受賞。同作は「少年マガジンR」で漫画化。ベストセラーとなる。本作は小説『虚構推理』シリーズ第５作である。

虚構推理《きょこうすいり》　逆襲《ぎゃくしゅう》と敗北《はいぼく》の日《ひ》

2021年12月15日　第１刷発行　　定価はカバーに表示してあります

著者……………………城平《しろだいら》 京《きょう》

発行者……………………鈴木章一
発行所……………………株式会社 講談社
〒112-8001 東京都文京区音羽2-12-21
編集03-5395-3510
販売03-5395-5817
業務03-5395-3615

本文データ制作…………講談社デジタル製作
印刷……………………凸版印刷株式会社
製本……………………株式会社国宝社
カバー印刷………………株式会社新藤慶昌堂
装丁フォーマット………ムシカゴグラフィクス
本文フォーマット………next door design

ISBN978-4-06-526400-3　N.D.C.913　300p　15cm

けっこうすごい
ああああっ
反応《はんのう》が見《み》ものですね
PARK
九郎《くろう》くん すごい見《み》てこ
「月刊少年マガジン」
「少年マガジンR」
「マガポケ」3誌
にて好評連載中！
公式HPにて〈第1話 全83P〉
無料公開中！
虚構推理 月マガ
検索

漫画の岩永琴子も、
月刊少年マガジンコミックス
虚構推理
Invented inference
原作／城平 京
漫画／片瀬茶柴
1〜16巻 絶賛発売中！

講談社
タイガ

虚構推理シリーズ

城平 京

虚構推理

イラスト
片瀬茶柴

巨大な鉄骨を手に街を徘徊《はいかい》するアイドルの都市伝説、鋼人七瀬《こうじんななせ》。人の身ながら、妖怪からもめ事の仲裁や解決を頼まれる『知恵の神』となった岩永琴子《いわながことこ》と、とある妖怪の肉を食べたことにより、異能の力を手に入れた大学生の九郎《くろう》が、この怪異に立ち向かう。その方法とは、合理的な虚構の推理で都市伝説を滅する荒技で⁉

驚きたければこれを読め——本格ミステリ大賞受賞の傑作推理！

講談社
タイガ

虚構推理シリーズ

城平 京

虚構推理短編集
岩永琴子の出現

イラスト
片瀬茶柴

妖怪から相談を受ける『知恵の神』岩永琴《いわながこと》子《こ》を呼び出したのは、何百年と生きた水神の大蛇。その悩みは、自身が棲まう沼に他殺死体を捨てた犯人の動機だった。――「ヌシの大蛇は聞いていた」

山奥で化け狸が作るうどんを食したため、意図せずアリバイが成立してしまった殺人犯に、嘘の真実を創《つく》れ。――「幻の自販機」

真実よりも美しい、虚《うつ》ろな推理を弄ぶ、虚構の推理ここに帰還！

講談社タイガ

虚構推理シリーズ

城平 京

虚構推理短編集

岩永琴子の純真

イラスト

片瀬茶柴

雪女の恋人に殺人容疑がかけられた。雪女は彼の事件当夜のアリバイを知っているが、戸籍もない妖怪は警察に証言できない。幸福な日々を守るため彼女は動き出す。——『雪女のジレンマ』

死体のそばにはあまりに平凡なダイイングメッセージ。高校生の岩永《いわなが》琴子《ことこ》が解明し、反転させる！——『死者の不確かな伝言』

人間と妖怪の甘々な恋模様も見逃せない人気シリーズ第4作！

講談社タイガ

城平 京

雨の日も神様と相撲を

イラスト
鳥野しの

「頼みがある。相撲を教えてくれないか？」神様がそう言った。

子供の頃から相撲漬けの生活を送ってきた僕が転校したド田舎。

そこは何と、相撲好きのカエルの神様が崇《あが》められている村だった！

村を治める一族の娘・真夏《まなつ》と、喋るカエルに出会った僕は、知恵と知識を見込まれ、外来種のカエルとの相撲勝負を手助けすることに。

同時に、隣村で死体が発見され、もつれ合った事件は思わぬ方向へ⁉

講談社
タイガ

アンデッドガールシリーズ

青崎有吾

アンデッドガール・マーダーファルス　1

イラスト
大暮維人

吸血鬼に人造人間、怪盗・人狼・切り裂き魔、そして名探偵。異形が蠢《うごめ》く十九世紀末のヨーロッパで、人類親和派の吸血鬼が、銀の杭《くい》に貫かれ惨殺された……!?　解決のために呼ばれたのは、人が忌避する〝怪物事件〟専門の探偵・輪堂《りんどう》鴉夜《あや》と、奇妙な鳥籠を持つ男・真打《しんうち》津軽《つがる》。彼らは残された手がかりや怪物故《ゆえ》の特性から、推理を導き出す。謎に満ちた悪夢のような笑劇《ファルス》……ここに開幕！

講談社
タイガ

アンデッドガールシリーズ

青崎有吾

アンデッドガール・マーダーファルス　2

イラスト
大暮維人

1899年、ロンドンは大ニュースに沸いていた。怪盗アルセーヌ・ルパンが、フォッグ邸のダイヤを狙《ねら》うという予告状を出したのだ。

警備を依頼されたのは怪物専門の探偵〝鳥籠使い〟一行と、世界一の探偵シャーロック・ホームズ！　さらにはロイズ保険機構のエージェントに、鴉《あ》夜《や》たちが追う〝教授〟一派も動きだし……？　探偵・怪盗・怪物だらけの宝石争奪戦を制し、最後に笑うのは!?

講談社
タイガ

似鳥鶏

叙述トリック短編集

イラスト
石黒正数

作者の仕掛ける〔魔法〕はこの本すべてにかけられている――「この短編集は『叙述トリック短編集』です。収録されている短編にはすべて叙述トリックが使われておりますので、騙《だま》されぬよう慎重にお読みくださいませ。」（読者への挑戦状より）大胆不敵に予告されていても、読者《あなた》は必ず騙される！　本格ミステリの旗手がその超絶技巧で生み出した、異色にして出色の傑作短編集!!

講談社
タイガ

望月拓海

これでは数字が取れません

イラスト
鈴木りつ

「この国で一番稼ぐ放送作家になれる。オレたち二人なら——」

伝説の放送作家、韋駄源太《いだげんた》。彼が率いる作家集団《韋駄天《いだてん》》の新人採用試験で、番組作りへの情熱は誰にも負けない元ヤン・大《おお》城了《しろりょう》は、超あがり症の企画作りの天才・乙木花史《おときはなふみ》と出会った！

パワハラ、過重労働《ブラック》……夢だけじゃなく闇もあふれるテレビ業界を舞台に、熱くて笑えて最後に泣けるお仕事エンタメ開幕!!

講談社タイガ

望月拓海

顔の見えない僕と嘘つきな君の恋

「君は運命の女性と出会う。ただし四回」占い師のたわごとだ。運命の恋って普通は一回だろう？　大体、人には言えない特殊な体質と家族を持つ僕には、まともな恋なんてできるはずがない。そんな僕が巡り合った女性たち。人を信じられない僕が恋をするなんて！　だけど僕は知ってしまった。嘘つきな君の秘密を——。僕の運命の相手は誰だったのか、あなたにも考えてほしいんだ。

講談社タイガ

望月拓海

透明なきみの後悔を見抜けない

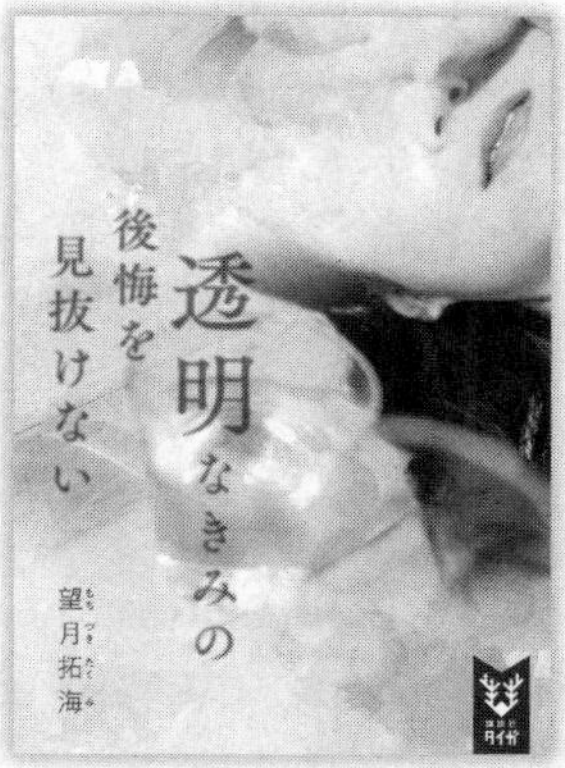

気がつくと駿府《すんぷ》公園の中央広場にいた。ぼくは——誰なんだ？記憶を失ったぼくに話しかけてきた、柔らかな雰囲気の大学生、開登《かいと》。人助けが趣味だという彼と、ぼくは失った過去を探しに出かける。心を苛《さいな》む焦燥感。そして思い出す。ぼくは教師で、助けたい子がいるんだ！　しかしぼくの過去には驚きの秘密が……。本当の自分が見つかる、衝撃と感動が詰まった恋愛ミステリー。